**Ulrike Alter**

DOPPELABSTURZ

Ulrike Alter

# DOPPELABSTURZ

Frankfurter Allgemeine Buch

**Bibliografische Information der Deutschen Nationalbibliothek**
Die Deutsche Nationalbibliothek verzeichnet diese Publikation in der Deutschen Nationalbibliografie; detaillierte bibliografische Daten sind im Internet über http://dnb.d-nb.de abrufbar.

Ulrike Alter
**Doppelabsturz**



F.A.Z.-Institut für Management-,
Markt- und Medieninformationen GmbH
Mainzer Landstraße 199
60326 Frankfurt am Main
Geschäftsführung: Volker Sach und Dr. André Hülsbömer

Frankfurt am Main 2012

ISBN 978-3-89981-288-6

Frankfurter Allgemeine Buch



Umschlag Anja Desch
Satz Nicole Bergmann
Titelbild © thinkstock
Druck CPI Moravia Books s.r.o., Brněnská 1024, CZ-691 23 Pohořelice



Printed in EU

myclimate neutral

# PROLOG

„Da ist doch was faul!"

Sie trat zurück und betrachtete den Plan an der Wand. Ihre Ledermappe hielt sie fest unter den Arm geklemmt, als fürchtete sie hier im Haus Diebe. Zu dem hellen Jackett, das Querfalten über ihren stämmigen Rücken zog, bildete ihr Haar einen strengen Kontrast: Wie eine Kappe lag die schwarze Pagenfrisur um ihren Kopf. Keine Strähne schwang unkontrolliert.

Sie hatte die bunten, mit den Namen der Forschungsleiter beschrifteten Steckkarten so ausgerichtet, dass die Aufträge für die kommenden Wochen akkurat untereinander aufgereiht standen. Bis ins Detail hinein arbeitete sie sorgfältig – jederzeit. Ihre Vorgesetzten wussten das zu schätzen. Bei ihren Mitarbeitern war sie nicht beliebt, sie fürchteten ihr scharfes Mundwerk, die peniblen Kontrollen und das gnadenlose Feuern. Doch alle respektierten sie. Sie tat nichts unüberlegt. Meist dauerte es eine Weile, bis sie die Konsequenzen einer Entscheidung durchdacht hatte, erst dann handelte sie.

„So was geht nur von oben", fuhr sie fort. „Mittlere Chargen wie du und ich hätten gar keinen Zugang!"

Mit einem zufriedenen Lächeln, das sie in den Mundwinkeln verbarg, sagte sie: „Wir sollten uns an die Zentrale wenden, was meinst du?"

Als keine Antwort folgte und sie lediglich das anschwellende Surren des Gabelstaplers hörte, drehte sie sich um.

Aus ihrem geröteten Gesicht wich alle Farbe. Kaum einen Meter von ihr entfernt, in Brusthöhe, rasten die Forken des Gabelstaplers auf sie zu. Dahinter starrten sie zwei weit aufgerissene Augen an. Scheinbar unendlich dehnte sich der letzte Moment ihres Bewusstseins. Sie erkannte mit vollkommener Klarheit, was geschah und was beabsichtigt war. Auch den Grund dafür verstand sie jetzt. In der letzten Sekunde ihres Lebens sah sie, wie alles zusammenhing, und sie begriff, warum sie nun sterben würde.

Mit voller Wucht wurde sie gegen den Plan an der Wand geschleudert. Grellgelbe Blitze durchzuckten ihre Augen, doch sie fühlte keinen Schmerz. Ihre Nervenzellen leiteten die Signale nicht mehr weiter. Das Krachen des zersplitternden Wochenplans hörte sie nicht mehr. Auch nicht, wie das Surren des Elektromotors verstummte. Sacht wurde die Ledermappe unter ihrem erschlafften Arm herausgezogen. Die Lichtschalter klickten, die schwere Tür fiel zu, und der Schlüssel wurde zwei Mal im Schloss gedreht.

# HOCHMUT KOMMT VOR DEM FALL

Die Sonne stach durch den Dunst und brannte auf seiner Haut. Für die Berge ringsum hatte er kaum einen Blick, selbst auf den grün schimmernden See inmitten der Felsen verschwendete er keine Zeit. Hajo Eckerth kämpfte darum, den Abstand zu den Männern – und einer Frau – vor ihm zu verkürzen. Heute war erst der zweite Tag, und schon sehnte er die Abreise herbei. Er hasste das jährliche Managertraining.

Diesmal quälten sie ihn im Montafon, in den Österreichischen Alpen. Frühmorgens waren sie aufgebrochen, zwanzig Marktforscher von OM-Research, allesamt Spitzenmanager der europäischen Töchter des Konzerns.

Mit zweckmäßigen Schuhen kletterten sie über die Steine. Ihre Rucksäcke waren mit Wasserflaschen und isotonischen Getränken bepackt. In den Taschen ihrer Kniebundhosen steckten Trillerpfeifen, in die das Logo der Firma und das Anfangs- und Enddatum der Exkursion eingraviert waren.

Die meiste Zeit des Jahres arbeiteten sie daran, ihren Kunden mit Hilfe ausgeklügelter wissenschaftlicher Methoden zu zeigen, wie deren Produkte noch erfolgreicher am Markt positioniert werden könnten. Das war ihr Job. Diese Woche gemeinsamer Bergsteigerei sollte angeblich die Kommunikation zwischen den Kollegen aus den verschiedenen Ländern fördern. Hajo Eckerth war da skeptisch. Zumindest fand er den Aufwand im Verhältnis zur Wirkung übertrieben.

Vor ihm stiegen sie jetzt im Gänsemarsch hoch, ihre Stimmen hallten über den Berg:

„Bleibt auf dem Weg, hier dürfen nur die Kühe trampeln, wo sie wollen."

„Keine Sorge, das sind wir gewohnt."

„Wir sind schon im Gleichschritt."

Pol Dellis aus Brüssel, der CEO, stieg voran und bestimmte das Tempo. An den Zurufen beteiligte er sich nicht, doch mit Sicherheit hörte er genau zu, was seine Leute sagten, und achtete auf ihren Ton.

Als der Chef gestern Abend davon geschwärmt hatte, wie diese Woche gemeinsamer Strapazen das menschliche Band zwischen ihnen allen stärken würde, hatte Hajo Eckerth innerlich gestöhnt. Er glaubte nicht, dass sportliche Anstrengungen die Zusammenarbeit verbesserten. „Ein gemeinsames Besäufnis tut's auch, wenn ihr mich fragt", dachte er. Doch ihn fragte ja keiner. Er war nicht in den Planungskreis gerufen worden, dort saß sein Freund Günter. Ein schöner Freund wohlgemerkt, der dem großen Boss nach dem Munde redete und so tat, als sei der Erfolg der Gesellschaft allein sein Verdienst. Mit dieser Masche hatte er vor ein paar Jahren, als der damalige Chef von OM-Frankfurt in Pension geschickt worden war, den Geschäftsführerposten gekapert. Hajo hatte sich mit dem Stellvertreterjob abfinden müssen, obwohl alle wussten, dass er der bessere Wissenschaftler war. Nach wie vor wurmte ihn die Schlappe. Doch inzwischen hatte er den Vorteil erkannt, in der zweiten Reihe, sozusagen im Windschatten, zu fahren. Er stand nicht unter dauernder Beobachtung und ständigem Beschuss der Chefs in Brüssel. Das war nicht sein Problem.

Seit Beginn der Tour hatte Hajo seinen Freund Günter nur von weitem gesehen. Der turnte vorne bei den wichtigen Leuten herum. Die Kletterei machte ihm nichts aus, sie machte ihm Spaß!

Schwer atmend betrat Hajo die Aussichtsplattform, wo der Finanzchef, engster Mitarbeiter des CEO, die Kollegen versammelt hatte, um ihnen die nächste Etappe des Aufstiegs zu erläutern. Der Finanzchef überragte sie alle, wirkte durchtrainiert und zäh. Als erfahrener Bergsteiger hatte er die Route geplant. Sie sei nicht schwer, etwas zum Aufwärmen, hatte er gestern gesagt. Nur ein paar steile Abschnitte, keine Kletterpartien, die würden erst am Ende der Woche folgen.

Klettern am Seil! Hajo grauste es davor. Er mochte gar nicht daran denken, was ihm noch alles drohte.

Während er mit halbem Ohr zuhörte schob Hajo die Daumen unter die Träger seines Rucksacks. Die Luft roch nach Heu. Er sah sich um. Vor ihnen führte ein bequem breiter Weg über eine Alm. Vorbei an einer Hütte aus wettergrauem Holz, auf deren Terrasse sie leider nicht rasten würden. Links und rechts vom Weg erstreckten sich Hügel und steile Hänge in mildem Grün, durchzogen von quer zum Berg laufenden Trampelpfaden. Überall lagen Felsbrocken herum. An die größeren klammerten sich windschiefe Kiefern. Entfernt hörte man das gleichmäßige Bimmeln der Kuhglocken.

„Auf geht's!“, rief der Finanzchef, und sie marschierten los.

Die Strecke verlief eben, nur hin und wieder durchquerten sie eine Senke. Der Weg war so breit, dass sie zu dritt und zu viert nebeneinander gehen konnten. Hajo wanderte im Mittelfeld zwischen den Skandinaviern. Mit der Norwegerin hatte er gestern Abend ein munteres Gespräch über die praktische Relevanz künstlicher neuronaler Netze geführt. Sie hatten übereinstimmend festgestellt, dass sich auf diesem Gebiet zukünftig aufregende Entwicklungen zeigen würden. Heute fragte sie ihn nach dem Namen der hellblauen Blumen, die zwischen den Felsbrocken wuchsen. Er kannte nur Enzian und Edelweiß.

„Die sind es nicht", sagte er.

Sie lachte ihr angenehm kratziges Lachen, das ihm gestern Abend schon gefallen hatte.

„Super Ausschlussmethode", witzelte sie.

Hajo mochte kluge Frauen. Und sie war wirklich klug. Keine Rede von „Quote", wie ein paar missgünstige Kollegen behauptet hatten. Mehr Frauen in den Entscheidungsgremien würden sicher die Zahl der Hahnenkämpfe, die er dort sah, verringern. Hajo fand diese Scharmützel um Status und das letzte Wort immer lächerlich. An so etwas beteiligte er sich nie. Wahrscheinlich auch ein Grund, warum er den besseren Job nicht bekommen hatte.

Beim lockeren Marschieren flogen die Scherze der Kollegen hin und her. Zwei Reihen vor ihnen amüsierten sich die Engländer über die Nullwürfe der Continentals beim Bowling gestern Abend. Darauf hagelte es Herausforderungen von allen Seiten. Der athletische Däne neben Hajo hänselte den Geschäftsführer aus Mailand mit seiner grünroten Kluft.

„Ausgezeichnete Wahl", lobte er. „Deine käseweißen Waden machen die italienischen Nationalfarben komplett."

Hajo grinste. Der Italiener wandte sich um – anscheinend suchte er nach der passenden Retourkutsche. Sein Englisch reichte jedoch nicht allzu weit, weshalb er sich auf eine ordinäre Geste beschränkte. Ob die Dänen und

Schweden verstanden, was die zum Trichter gespitzte Hand sollte? Jedenfalls lachten sie lauthals.

Allmählich stieg der Weg wieder an und verengte sich zum Pfad. Kaum hatten sie die letzte astlose Föhre hinter sich gelassen, begann der ernsthafte Aufstieg und der Trupp zog sich auseinander. An der Spitze löste der Finanzchef den CEO Pol Dellis ab. Weit abgeschlagen stieg Hajo Eckerth hinterher. Ständig suchte er nach einem Halt für seine Hände, seine Schuhe rutschten über das Geröll. Seine Lebensgefährtin wünschte sich, dass er mit ihr zusammen ein paar Kilo abnehmen würde, der Gesundheit zuliebe. Das hatte er nicht nötig, er war nicht dick, nur groß, mit starken Knochen. Fürs Wandern auf ganz normalen Wegen hatte er eine ausgezeichnete Kondition! Kurz hielt er an, um zu verschnaufen, dabei betastete er mit den Fingerkuppen seine Stirn, wo er das Zwicken eines Sonnenbrands spürte. Zum Glück hatte sich der Himmel inzwischen bewölkt.

Der Pfad schien kein Ende zu nehmen, immer steiler stieg er an, führte fast senkrecht zwischen Heidebüscheln und kriechend wachsenden Latschenkiefern bergauf. Stoßweise blies Hajo den Atem von sich. Auf seiner Brust lastete ein Druck schwer wie ein Alb. Seine Lunge brannte. Zumindest fand er Halt an den Kriechkiefern, die, wie er nach einer Weile feststellte, unter ihrem Nadelfilz mit stabilen Stämmen und Ästen auf dem Boden entlangwuchsen – daran zog er sich hoch. Er kletterte auf allen Vieren, klammerte sich an das zähe Gestrüpp. Schweiß fing sich in seinen buschigen Augenbrauen und tropfte ihm von der Nase. Seine Gedanken kreisten nur noch um den nächsten Kletterschritt. Als er endlich den Kopf wieder hob, sah er, dass Günter auf dem quer verlaufenden Weg auf ihn wartete.

„Halt durch, Hajo! Gleich hast du es geschafft!"

Günter streckte ihm die Hand entgegen und zog ihn zu sich auf den Weg. Die Kollegen waren nirgends zu sehen.

Hajo rang nach Luft.

„Wenn's dir zu viel wird, bleib doch morgen am Pool", sagte Günter.

„Mach ich auch. Mir egal, was die anderen denken."

Hajo sah sich um. Der neue Weg, führte ein Stück geradeaus, danach steil bergan.

„Geht's wieder?"

„Noch eine Minute."

Hajo atmete tief durch, öffnete seine Wasserflasche und nahm einen ausgiebigen Zug. Auf den Zehen wippend, wartete Günter, bis Hajo die Flasche wieder im Rucksack verstaut hatte, dann klatschte er in die Hände.

„Los komm, jetzt machen wir Tempo!"

Flott schritten sie aus, bis nach mehreren hundert Metern die Steigung erneut zunahm. Neben ihrem Pfad fiel nun ein Grashang, wie es schien, senkrecht ab. Günter warnte:

„Geh nicht so nah an der Kante. Du rutschst auf dem Gras wie im Schwimmbad und krachst unten in die Bäume. Auf diesen Hängen kommen mehr Leute um, als man glaubt. Da vorne wird's auch nicht besser, nur noch Geröll. Ich bleib mal hinter dir."

Nach einer Weile fragte Hajo:

„Hast du etwas von der Revision gehört?"

„Kein Wort. Die schlagen über Nacht zu, dafür sind sie bekannt. Unser Programm hast du gelöscht?"

„Ich bin noch am Überlegen."

„Das glaube ich jetzt nicht!" Günter blieb stehen. „Wir haben doch gesagt, dass Schluss ist!"

Hajo wandte sich um. Beim Blick auf die abschüssige Geröllhalde wich er gegen die Felswand zurück.

„Auf ein paar Tage mehr oder weniger kommt es doch nicht an", wandte er ein.

„Das war eine klare Entscheidung! Warum hältst du dich nicht daran?" Günter trat so heftig gegen den Schutt in einer ausgetrockneten Wasserrinne, dass die Steinchen über den Fels in den Abgrund flogen.

Hajo straffte seine Schultern. „Wir stehen kurz vor dem Durchbruch, wir brauchen nur noch ein wenig Zeit."

„Wie oft willst du das noch sagen?"

„Ich bin mir vollkommen sicher!"

„Du hast dich verrannt, Hajo. Das ist alles viel zu teuer! Hör einfach auf."

„Was ist mit dir los? Warum dieser plötzliche Schwenk?"

„Du wirst uns noch allen das Genick brechen mit deiner Wahnsinnsidee!"

Hajo antwortete nicht darauf, er wandte sich um und stieg weiter.

„Ich kann das Programm nur schrittweise absetzen, sonst fällt die Sache auf", stieß er schließlich hervor.

Mit hochrotem Kopf kletterte Günter an ihm vorbei und versperrte ihm den Weg.

„Hör zu! Hör mir zu!", presste er zwischen den Zähnen heraus.

Hajo nutzte die Pause und lehnte sich gegen den Berg.

„Wir haben ein Problem", fuhr Günter ihn an. „Bevor ich in Frankfurt weg bin, wollte Sonja Wessing mich unbedingt sprechen."

„Die Kleine aus der Buchhaltung?"

„Sie ist auf einen Fehler gestoßen, bei einem abgeschlossenen Projekt!"

„Das kann gar nicht sein."

„Wieso hat sie Zugriff auf ein abgeschlossenes Projekt?"

Günter stieß mit dem Zeigefinger in Hajos Richtung, als ob er ihn aufspießen wollte.

„Hat sie nicht! Da muss was schiefgelaufen sein." Jetzt klang Hajo besorgt. „Was hat sie entdeckt?"

„Interviewer-Kosten bei einer Online-Studie."

„Ja, und? Das kommt hin und wieder vor."

„Nicht in der Höhe. Sie weiß, dass sie das nicht gebucht hat."

„Erzähl mir nicht, dass sie jede einzelne Buchung im Kopf hat."

„Sie ahnt, was es bedeutet."

„Die muss ihre Nase in alles reinstecken!"

„Bring die Sache in Ordnung. Erklär ihr irgendwas, damit Ruhe ist. Und lösch das Programm!"

Günter wandte sich um und stieg weiter.

Ohne sich vom Fleck zu rühren, blickte Hajo ihm nach. Anscheinend drehte Günter jetzt völlig durch! Die Buchhalterin hatte ihm Angst eingejagt. Er war imstande, einfach abzubrechen und Hajos ganze Arbeit zunichte zu machen. So kurz vor dem Ziel! Nur noch zwei, höchstens drei Testläufe, dann waren sie soweit.

Mit der Kleinen werde ich fertig, dachte Hajo, mir fällt schon was ein. Ich brauche das Geld mindestens noch ein halbes Jahr! Aber wenn ich das zugebe, flippt Günter aus.

Wild zerrte er an einer über den Pfad hängenden Wurzel. Sie hielt seiner Wut stand, riss nicht ab. Weiter oben kletterte Günter so schnell, dass der Rucksack auf seinem Rücken hopste, dieses Angeberstück!

„Schweizer Armeerucksack aus den sechziger Jahren mit Lederriemen und Schnallen, das perfekte Outfit", hatte Günter heute Morgen vor den anderen geprahlt.

Hajo nahm sich zusammen: nicht stehen bleiben, weiter jetzt! Schwerfällig bewegte er sich aufwärts. Was bildete Günter sich ein? Die Sache mit den Interviewer-Rechnungen war doch seine Idee gewesen. Damals hatte er Geld für sein protziges Haus gebraucht. Er hatte sich übernommen, hatte geglaubt, dass er sich den Palast leisten könnte, weil er eine Frau aus reichem Haus geheiratet hatte. Doch der Schwiegervater gab sich knauserig, er hielt die pompöse Villa im Taunus für Verschwendung und rückte keinen Cent heraus. In der Not war Günter auf einen genialen Weg zur Geldbeschaffung gekommen – eine Lücke im System der Firma, die man problemlos nutzen konnte, ohne dabei erwischt zu werden. Es war ganz einfach: Die Interviewer stellen der Firma für die Projekte, an denen sie mitgearbeitet haben, Rechnungen über ihre Honorare. Genau wie Handwerker, wenn sie für die Firma Telefonleitungen repariert oder die Fenster geputzt haben. Die Rechnungen werden geprüft und von der Buchhaltung bezahlt.

Günters Idee: Bei der hohen Zahl eingesetzter Interviewer fallen ein paar Extra-Rechnungen für Phantompersonen gar nicht auf. Allerdings muss man im Rahmen des jeweiligen Budgets bleiben, was Hajo sicherstellen sollte. Er schrieb ein Programm, das den Überschuss der abgeschlossenen Projekte berechnete und den Betrag sowie dessen Stückelung festlegte. So konnten sie das Geld, ohne Aufsehen zu erregen, problemlos abschöpfen. Die Sudelarbeit, das Schreiben von Phantomrechnungen, das getürkte Buchen und Auszahlen, hatte Hajos Lebensgefährtin übernommen. Alle drei kannten sich seit ihrer Studienzeit und waren trotz gelegentlicher Reibereien ein gutes Team. Bei der Jobsuche hatten sie sich gegenseitig gestützt und mitgezogen. Das hatte jahrelang funktioniert, bis Günter dann vorbeigezogen war – in nicht ganz fairer Weise, wie Hajo fand. Trotzdem hatte ihre Freundschaft Bestand. Dieser Dreh mit den Interviewer-Rechnungen ermöglichte es Hajo, seinen Traum zu verwirklichen: Er war dabei, eine neue Methode für Absatzprognosen zu entwickeln, treffgenauer als alles, was es bisher gab. Seinen Anteil an den abgeschöpften Summen und den Anteil seiner Freundin steckte er in das geheim gehaltene Forschungsprojekt.

Bei OM-Research etwas zu verbergen, war nicht schwer. Geheimhaltung war oberstes Prinzip: Nur die engsten Mitarbeiter durften jeweils wissen, worum es bei einem Projekt ging – alle, bis zum letzten Interviewer, mussten sich zum Stillschweigen über ihre Arbeit verpflichten. Wehe, wenn ein Kunde mitbekäme, was für einen anderen Kunden gerade erforscht wurde.

Mit der neu entwickelten Methode wollten Hajo und seine Lebensgefährtin sich so bald wie möglich selbständig machen. Sie würden damit das ganz große Geld verdienen, Nachfrage gab es ja schließlich reichlich. Nur ein paar Kinderkrankheiten mussten sie noch ausmerzen, noch ein, zwei Testläufe, dann hatten sie es geschafft. Und jetzt plötzlich, so kurz vor dem Ziel, wollte Günter ihm den Boden unter den Füßen wegziehen, nur weil er sich von einer neugierigen Buchhalterin ins Bockshorn jagen ließ? Das kam überhaupt nicht in Frage! Günter hatte sich zu einem maßlosen Egozentriker entwickelt. Das Leben seiner Freunde war ihm egal, Hauptsache er hatte, was er brauchte.

„So nicht mein Lieber!“, fauchte Hajo vor sich hin. „Du hängst da mit drin, du kannst nicht einfach ausscheren, das wollen wir doch mal sehen!“

Wütend stampfte er das letzte Stück des Pfades bergan. Als er den felsigen Rastplatz erreichte, klatschten ihm die Kollegen Beifall. Sie hatten ihre Wasserflaschen ausgepackt und eine Pause eingelegt, um auf den Nachzügler zu warten. Erschöpft saßen sie auf den Steinen, wechselten nur wenige Worte. Dankbar lächelnd ließ Hajo sich auf der Felsplatte, die als Sitzbank diente, nieder. Seine Halsadern pochten. Erleichtert seufzte er auf. Der Applaus hatte ihm gut getan, obwohl er von einigen ganz sicher ironisch gemeint war. Gemächlich packte er seine Wasserflasche aus und machte sich daran, den Flüssigkeitsverlust seiner schweißtreibenden Kletterei wieder auszugleichen.

Hier oben wuchs nichts mehr. Schutt und Geröll säumten den Fuß der Felswände, an denen ihr Weg entlang führen sollte. Noch bevor Hajo sich einigermaßen erholt hatte, packten die Ersten ihre Flaschen schon wieder ein und standen auf. Günter hatte anscheinend die ganze Pause für ein Gespräch mit dem Finanzchef genutzt. Der gab jetzt, für Hajo viel zu früh, das Zeichen zum Aufbruch.

Den letzten Abschnitt, steil und kahl, gingen sie bedächtig an. Inzwischen waren Wolken aufgezogen, die den Ausblick ins Tal verdeckten. Nur die Spitzen der umliegenden Berge ragten hervor.

Ein paar der Kollegen kletterten zu zweit und zu dritt hintereinander auf einem schmalen Grat bis zum Gipfelkreuz und schossen Fotos. Hajo und die übrigen Teilnehmer verzichteten auf diese Krönung der Tour.

Pol Dellis drängte zum Abstieg, denn die Wolkendecke verdichtete sich mehr und mehr.

„Bleibt zusammen!“, rief der Finanzchef. „Hat jeder seine Trillerpfeife zur Hand? Gebt Laut, wenn einer zurückbleibt!“

Als sie fast schon den Grashang an dem felsigen Stück erreicht hatten, rutschte Günter aus. Hajo, dicht hinter ihm, schnappte wie im Reflex nach Günters Rucksack. Er bekam eine Handvoll Lederriemen zu fassen, wurde mitgerissen und klammerte sich in letzter Sekunde mit der freien Hand in ein Geflecht von Wurzeln. Günter hing über dem Abgrund. Um ihn herum prasselten Steine über den Fels. Er keuchte und krampfte die Hände um die Träger seines Rucksacks.

„Nicht bewegen!“, schrie Hajo.

Wie durch eine Wattewand hörte er seine Kollegen. Sie packten seine Beine, pressten sie gegen den Stein. Auf jeder Seite schob sich ein Mann neben ihn. Sie versuchten, Günters Arme zu greifen. Eine Schnalle sprang auf. Günter sackte ein Stück tiefer. Noch hielt Hajo die paar Riemen fest in der Hand. Er konzentrierte alle Kraft in seiner Faust. Doch seine Gedanken überschlugen sich mit Günters Worten von vorhin: Eine Wahnsinnsidee? Das war nur Missgunst, der blanke Neid. Das Leder war alt, die Riemen würden reißen. Verrannt? Wer hatte sich verrannt? Die Ergebnisse redeten eine andere Sprache. Nichts würde reißen, doch nicht bei dem! Günter kam immer gut weg.

Einfach mit dem Projekt aufhören? Damit alles umsonst war?

Hajo starrte in die Wolken, er überließ sich seinem Zorn. Unmerklich lockerte er seine Faust, so dass ihm die Lederriemen wie in Zeitlupe aus der Hand glitten.

# IM CATI

Zur selben Zeit liefen die Geschäfte bei OM-Research in Frankfurt weniger straff als gewohnt. Weil der Geschäftsführer und sein Vertreter verreist waren, stellte man einige Aufgaben zurück, andere wurden laxer behandelt als sonst. Lediglich im Telefon-Center war das nicht der Fall, hier führte die Feldleiterin Frau Sommer ein strenges Regiment, sie überwachte jeden Einzelnen ihrer Mannschaft mit Argusaugen.

Einer von ihnen, Carlo, starrte in seiner Mithörkabine vor sich hin. Seit Stunden dröhnten die immer gleichen Worte, mit denen die Interviewer ihre Gesprächspartner suchten, in seinen Ohren. Er schaltete den Ton ab, behielt aber die Kopfhörer auf, damit keiner merkte, dass er sich eine Auszeit nahm. Durch die Scheiben der verglasten Kabine drang das Gesumm der Stimmen zu ihm herein. Er blickte in einen Saal mit über hundert Tischen, deren Schallschutz aus gelbem Plexiglas ihn an Bienenwaben erinnerte. Weil hier die computergestützten Telefon-Interviews geführt wurden, nannten sie den Saal CATI. Carlos Aufgabe bestand eigentlich darin, sich in die Leitungen einzuschalten und die Arbeit der Interviewer zu kontrollieren, nur heute fehlte ihm die rechte Motivation.

Während er versuchte, sich von dem Stimmengewirr um ihn herum zu erholen, beobachtete er, wie Otto, der CATI-Leiter, zwischen den Plätzen entlangschlich, den mageren Hals vorgestreckt, ab und zu tastend, ob die paar Haare, die er hatte, noch über seiner Glatze lagen. Er trug sie vom Hinterkopf in die Stirn gekämmt und einzeln festgeklebt auf seiner Platte.

An einem der Tische blieb er stehen und redete auf die Interviewerin los. Von rechts steuerte Frau Sommer in militärischer Haltung mit zackigen Schritten auf ihn zu. Ihr Doppelkinn bebte, die Jacke ihres Anzugs saß stramm. Sie war die Chefin hier, das sollte jeder sehen. Zuständig für die strategische Planung der Befragungen, Herrscherin über die Telefon-Interviewer und alle anderen freien Mitarbeiter, die die Firma beschäftigte, und sie war Ottos Vorgesetzte.

Ständig stritten sich die beiden: Otto wollte, dass die Arbeit hundertprozentig nach den Vorgaben erledigt wurde, am liebsten hätte er hundertzwanzig Prozent erreicht, und die Sommer dachte in erster Linie an die Kosten. Aber wehe, ein Kunde hatte was zu meckern, dann war sie die Erste, die Otto fertigmachte, weil er die Standards nicht eingehalten oder seine Interviewer nicht anständig geschult hätte. In diesen Momenten stellte Carlo einmal mehr fest, dass Otto viel zu gutmütig für diesen Job war.

Jetzt sagte die Sommer etwas zu ihm, er beugte sich zu ihr, sie drehte wieder ab und marschierte zurück, auf ihr Büro zu. Otto eilte ihr nach, dann verschwanden sie beide aus Carlos Blickfeld.

Obwohl die Hälfte der Plätze noch frei war, stand der Geräuschpegel trotzdem hoch. Schlimmer war es nur, wenn der Saal voll besetzt war. Dann brauchte man gute Nerven, um konzentriert bei der Sache bleiben zu können. Ohne den Teppichboden und die Verkleidung an der Decke würde man beim Telefonieren kein Wort verstehen.

Während er seinen Blick schweifen ließ, überlegte Carlo, wie viel es wohl gekostet hatte, für alle Plätze neue Flachbildschirme zu kaufen. Denn die Interviewer beschwerten sich, dass die Tastaturen und die Kopfhörer nicht auch ausgetauscht wurden, und lästerten über die seltsame Sparpolitik der Firma.

Die meisten, die heute zum Telefonieren eingeteilt waren, kannte er. Mit der blonden Neuen war er für den Abend verabredet. Vorhin im Pausenraum hatten sie so lange geredet, bis die Sommer sie erwischte.

„Sag bloß nicht Callcenter!", hatte er die fesche Anfängerin gewarnt. „Mit denen wollen sie hier nicht in einen Topf geworfen werden."

Sie hatte gelacht. Tolle Zähne. Überhaupt ein Superweib. Studentin, wie fast alle, die hier arbeiteten. Sie kam aus Hannover. Ein bisschen groß war sie, okay, damit konnte er leben. Denn sein Angebot, ihr Frankfurt zu zeigen, hatte sie ohne Zicken akzeptiert. Zuerst würde er sie heute Abend zum Mainufer mitnehmen. Am Wasser mit Blick auf die Skyline und die sinkende Sonne war die Stimmung immer voll entspannt, dort funkte es ganz von allein. Wahrscheinlich waren bei diesem Sommerwetter zwar jede Menge Leute unterwegs, trotzdem würde sich schon ein freies Plätzchen auf dem Gras am Kai finden lassen. Später, mal sehen – er zuckte zusammen, denn eine knochige Hand war auf seine Schulter gefallen.

„Kleine Pause", sagte Otto. „Hilf mir mal kurz. Eure Rechnungen sind liegen geblieben. Zu viel Arbeit. Schaff sie rauf in die Buchhaltung zur Sonja. Du weißt ja, wo die sitzt."

An seinem Tonfall hörte man den Dialekt. Ins „Frankforderische" fiel er nur, wenn er gut gelaunt war oder wenn er ausflippte, beides kam eher selten vor.

Hastig schob er einen Packen Papiere über den Tisch, dann verschwand er so geräuschlos, wie er gekommen war.

Carlo nahm die Kopfhörer ab und blätterte den Stapel durch: Kein Interviewer war hier festangestellt, alle arbeiteten als „Freie". Sie wurden von Projekt zu Projekt engagiert, notierten ihre gearbeiteten Stunden und stellten sie OM-Research in Rechnung. Gezahlt wurde jeweils am ersten und am fünfzehnten des nachfolgenden Monats. Bevor die Buchhaltung allerdings auch nur einen Cent auf das Konto überwies, mussten Otto oder die Feldleiterin die Stunden geprüft und die Rechnungen abgezeichnet haben. Manchmal klappte das reibungslos, ein andermal mussten sie alle auf ihr Geld warten. Allein schon weil Otto es so eilig hatte, schwante Carlo nichts Gutes. Und Tatsächlich. Unglaublich! Hier war seine Rechnung, die er vor sechs Wochen abgegeben hatte, und hier die von vorletzter Woche. Kein Wunder, dass auf seinem Konto nichts einging. Er würde Otto die Meinung sagen, so eine Schlamperei.

Mit dem Fuß stieß er die Tür ins CATI auf. Otto war nirgends zu sehen. Unterwegs zum Fahrstuhl erwiderte er die lässigen Handzeichen der Interviewer. Bei zweien blieb er stehen und zeigte ihnen ihre liegen gebliebenen Rechnungen.

Im Flur und im Treppenhaus war Carlo allein. Er beobachtete, wie der Aufzug aus dem Erdgeschoss mit Stopps in jeder Etage bis zu ihm in die fünfte zockelte.

Für ein Hochhaus mit über 30 Stockwerken waren die Aufzüge eine Zumutung. Sie müssten dringend modernisiert werden. Das ganze Haus war renovierungsbedürftig, obwohl es von außen mit seiner glänzenden Fassade beeindruckend wirkte und aus der Skyline nicht wegzudenken war.

Auf ihre Hochhäuser waren die Frankfurter stolz. Heute konnte man kaum glauben, dass es in den sechziger Jahren Proteste und sogar Straßenkämpfe gegeben hatte, weil die Leute Angst um ihre Wohngebiete hatten. Inzwischen waren die Wolkenkratzer bis auf einige wenige Ausnahmen zu Attraktionen aufgestiegen.

Dieses Haus hier, in dem sich die Büros von OM-Research befanden, war eines der ältesten. Der hintere von zwei zusammengehörenden Türmen war bestimmt dreißig Jahre alt und innen kaum besser in Schuss als der Uni-Turm, von dem es seit Jahren hieß, dass er abgerissen werden sollte. Offiziell hieß er AfE-Turm, weil die Abteilung für Erziehungswissenschaft dort einziehen sollte. Allerdings kam es nie dazu – die hatten wahrscheinlich geahnt, was ihnen dort blühen würde. Carlo war der Uni-Turm in böser Erinnerung geblieben. Zu Beginn seines Studiums hatte er an mehreren Seminaren im Turm teilnehmen müssen. Die Räume waren schon damals immer total überfüllt – wenn er sie überhaupt gefunden hatte. Da konnte man nicht einfach mit dem Aufzug in den soundsovielten Stock fahren, oh nein! Man musste umsteigen, ein irrwitziges System von Treppen und Zwischenetagen überwinden und auf den nächsten Aufzug warten. Und wehe, man war spät dran! Manchmal musste man bis zu zehn Minuten stehen, bis endlich einer kam. War man drin, blieben sie in drei von zehn Fällen stecken.

Bei OM-Research kam das auch ab und zu vor: Dann saßen alle fest, mussten warten, bis der Hausmeister alarmiert war und der den Operator von „wer-weiß-wo“ herbeizitiert hatte. Bei einem dieser unfreiwilligen Stopps war im Uni-Turm sogar mal eine Frau ums Leben gekommen.

Das war zum Glück bei OM-Research noch nicht passiert. Noch nicht ... „Aber wer weiß, wie lange diese marode Konstruktion noch hält", murmelte Carlo.

Der Gong schlug an. Wenig später rumpelte die Fahrstuhltür auf. Voller Unbehagen stieg Carlo in die gut besetzte Kabine und drückte auf den Knopf zum vierunddreißigsten Stock. Halb durchsichtige Blusen, die in diesem Sommer sehr beliebt waren, lenkten ihn zum Glück von seinen bösen Befürchtungen und den bedenklichen Geräuschen im Fahrstuhlschacht ab. Entschuldigungen murmelnd, schob er sich zwischen den Frauen hindurch bis zur Rückseite der Kabine, dort lehnte er sich an die Wand, denn von hier aus hatte er alle im Blick. Der Aufstieg würde eine Weile dauern.

Vor der weit geöffneten Tür zur Buchhaltung hielt Carlo inne. Die Jalousien waren herabgelassen, das schlauchförmige Büro lag im Halbdunkel. Schade, er hätte gerne runter auf die Stadt geschaut – sensationell, von hier oben die Straßen und Häuserblocks wie im Modell zu sehen. Heute funktionierte anscheinend die Klimaanlage nicht richtig, daher die Verdunkelung. Der ratternde Ventilator nahe der Tür sollte wohl die kühle Luft aus dem Flur in den Raum blasen.

„Du musst das nicht so ernst nehmen", hörte er eine sonore Frauenstimme sagen.

„Ich bin wohl nicht gut genug für ihre Party", empörte sich eine hellere, leicht schrill.

„Hast du noch nicht gehört? Sie lädt *alle* wieder aus. Haben sich anscheinend verkracht die beiden."

Carlo klopfte an den Türrahmen. Eine schlanke braunhaarige Frau stand an der Seite mit dem Rücken zu ihm.

Sie drehte sich um und eilte, ohne ihn eines Blickes zu würdigen, vorbei in den Flur. Ihr gewelltes langes Haar schwang um den Kopf. Unwillkürlich schnüffelte Carlo. Eine Wolke von „frisch vom Friseur" zog an ihm vorbei. Er sah der Frau nach, dann wandte er sich der anderen zu, die in dem dämmrigen Raum allein an ihrem Schreibtisch saß.

„Ich bringe die Interviewer-Rechnungen", sagte er. „Ist Sonja heute nicht da?"

Die Frau, ganz in Schwarz, stand auf und schüttelte sich leicht, um ihr T-Shirt, das am Körper klebte, zu lockern.

„Sonja ist unterwegs", brummte sie. Das war also die mit der tiefen Stimme.

„Legen Sie die Rechnungen auf den Schreibtisch vorm Fenster." Sie wies mit dem Daumen über ihre Schulter.

Carlo war schon ein paar Mal in der Buchhaltung gewesen, er kannte den Dschungel, den Sonja um ihren Platz herum angelegt hatte. Sie glaubte, dass Pflanzen die Büroluft verbessern, und hatte ihm erklärt, dass sie jetzt viel seltener Schnupfen bekam. Pech, dass er sie heute verpasst hatte. Sie war schnuckelig: klein und sexy, aber auch schrullig. Neulich, als er mit ihr einen Kaffee trinken wollte, hatte sie ihn abblitzen lassen. Von Abhängigen könnte sie sich doch nicht einladen lassen, hatte sie gesagt. Carlo unterdrückte ein Lachen, als er die Rechnungen mitten auf ihren geordneten Schreibtisch platzierte. Demnächst würde er es mal mit Grünpflanzen bei ihr versuchen.

„Richten Sie Otto aus, dass die Bezahlung diesmal später kommt", sagte hinter ihm die Frau in Schwarz. „Unsere Geschäftsführer sind verreist. Außer den beiden hat keiner Vollmacht, die Bankanweisung zu unterschreiben."

„Die meisten sind doch schon überfällig!“, empörte sich Carlo.

„Dann müssen Sie Ihre Rechnungen eben pünktlicher abgeben.“

„Haben wir doch! Die sind im Feld liegengeblieben!“

„Da kann man nichts machen. Tut mir leid.“

„Das geht aber nicht! Dann warten wir ja zwei Monate auf unser Geld.“

„Beschweren Sie sich bei Otto.“

„Saftladen“, knurrte Carlo, verließ das Büro und knallte die Tür hinter sich zu.

„Erstick doch, blöde Kuh!“

Sorgfältig strich Sonja die Kostentabelle glatt.

„Ich darf die paar Seiten doch schnell bei dir kopieren?“, fragte sie.

Auf der Glasscheibe des Kopierers knisterte das Papier. Bevor das Licht aufblitzte, schloss Sonja die Augen. Schließlich prüfte sie die fertige Kopie und steckte sie zusammen mit dem Original in eine Dokumentenmappe.

Auf dem Weg zum Lift sah sie Otto, den CATI-Leiter, vom Ende des Ganges auf sich zueilen. Sonja fand ihn sympathisch. Er war schrecklich dürr und hektisch, meist wirkte er mürrisch, doch nicht wenn er Sonja traf. Dann strahlte er. Er behandelte sie wie eine Prinzessin, hielt ihr die Tür auf, zog den bequemsten Stuhl für sie heran und himmelte sie an. Nie versuchte er, sie anzutatschen, wie manch anderer hier im Haus, deswegen arbeitete sie gern mit ihm zusammen. Lukas, ihr Ex-Freund aus der IT-Abteilung, hielt ihn für zu weich. Die Interviewer könnten ihn um den Finger wickeln, behauptete er.

„Wenn die Sommer aus dem Haus ist, tanzen sie ihm auf der Nase herum", hatte er gesagt.

Lukas! Der hatte doch überhaupt keine Menschenkenntnis. Der verstand nur was von Statistik und von Computern. Damit langweilte er einen ewig.

Sonja gefiel der lockere Ton im CATI, fürs Betriebsklima war das gut. Und Otto kam mit den Interviewern prima aus. Er verbreitete weder Angst noch Schrecken wie die Feldleiterin. Doch er machte sich ständig Sorgen, dass etwas schiefgehen könnte oder dass das CATI wegen der Internetkonkurrenz geschlossen würde. Zumindest war es für ihn nur eine Frage der Zeit, bis das Telefon-Center wegen der hohen Mieten aufs Land verlegt würde.

Von allen Marktforschern in Frankfurt waren sie wohl noch die Einzigen mit einem CATI in der City. Die anderen waren in die Vororte oder in die neuen Länder umgezogen.

„Wie soll ich denn in der Pampa von jetzt auf gleich zwanzig, dreißig Interviewer rekrutieren?", klagte Otto, wenn von Umzug die Rede war. „Für die paar Stunden fährt doch keiner weit raus."

Otto stand immer unter Dampf. Auch jetzt schien er es eilig zu haben.

„Zu dir wollte ich gerade", sagte Sonja.

„Bin spät dran, muss zum Zahnarzt", bedauernd hob er die Schultern und breitete die Arme aus, blieb aber nicht stehen, sondern wandte sich um und lief rückwärts weiter.

„Dauert nicht lange", rief er. „Komm doch heut Mittag zu mir." Beide hoben die Hand zum Gruß, und er eilte zur Tür.

Bevor Sonja den Lift erreichte, fuhr er wieder nach oben. Das würde jetzt dauern, bis der nächste kam, darauf konnte man wetten, denn er hielt in jedem Stockwerk. Oft blockierten Rücksichtslose die Türen, um noch weiter mit Leuten zu reden, die schon ausgestiegen waren, damit hielten sie alle anderen auf. Allerdings, so musste sie sich selbst beschämt eingestehen, gehörte sie mittlerweile auch zu diesen Rücksichtslosen. Aber nur ein einziges Mal. Und mit gutem Grund. Das war etwas ganz anderes gewesen.

Von den drei Aufzügen hier im Turm war fast immer einer defekt. Für den mittleren, den Express, brauchte man einen Schlüssel, den erhielt man jedoch erst vom Forschungsleiter an aufwärts. Über dieses Zwei-Klassen-Recht ärgerte sich Sonja immer wieder. Als ob ihre Arbeit nicht genauso wichtig wäre. Gero, ihr neuer Freund, besaß zum Beispiel so einen Schlüssel für den Express.

Sobald sie an ihn dachte, schlug ihr Herz einen Takt schneller. Er sah so gut aus. Klug war er auch. Nie schwadronierte er über so unverständliches Zeug wie Lukas. Was Gero sagte, hatte Hand und Fuß. Endlich war sie einem Mann begegnet, der ihren Vorstellungen entsprach. Sonja war überzeugt, dass Gero am Beginn einer steilen Karriere stand – das sagte er selbst. Ein junger Forschungsleiter auf dem Weg nach oben war er, und sie unterstützte ihn, ja, sie half ihm, wo sie nur konnte.

Immer noch kein Lift! Sonja drückte ein paar Mal den „Aufwärts“-Knopf, obwohl sie wusste, dass es nicht helfen würde. Letzte Woche erst war Gero umgezogen in sein neues Büro im dreißigsten Stock. So kündigte sich eine Beförderung an. Sonjas Kolleginnen in der Buchhaltung sagten das auch. Während sie immer noch wartend vor den Aufzügen stand, überlegte sie, wie unpraktisch die Verteilung der Büroräume von OM-Research im Hochhaus war. Die Firma teilte sich die Stockwerke mit anderen Mietern. Über alle Ebenen waren die Forschungsleiter und ihre Teams verstreut. Jeder versuchte, ein Zimmer in den höheren Etagen zu ergattern. Ständig zog einer um. Gero sagte immer: „Je höher das Stockwerk, desto wichtiger der Mensch."

Das brachte auch wieder die Erinnerung an die „kleine Gemeinheit" zurück – so nannte sie es bei sich –, die sie zusammen mit Gero begangen hatte. Am liebsten würde sie die Geschichte vergessen. Und das, obwohl die Vorbereitungen dazu aufregend und romantisch gewesen waren, nachts in dem spärlich beleuchteten Turm allein mit Gero. Ein wohliger kleiner Schauer lief ihr beim Gedanken daran über den Rücken.

Sie hatten Frau Doktor Berenz, Geros Abteilungsleiterin, einen Streich gespielt und sie so lange im Express-Aufzug festgesetzt, bis sie ihren Flug nach Hamburg verpasst hatte. Gero war schon am Tag vorher mit der Bahn nach Hamburg gefahren. Als die Berenz nicht erschien, konnte er einspringen und die Forschungsergebnisse beim Kunden präsentieren. Ein Supererfolg! Und die Berenz war ihm auch noch dankbar. Wirklich unfair war das nicht, schließlich stammte die gesamte Vorarbeit von Gero.

Sonja hatte damals Angst gehabt, erwischt zu werden, doch alles war glatt gelaufen. Sie hatten ja auch vorher geübt – Gero überließ nichts dem Zufall! Am späten

Abend vor Geros Abreise, als außer ihnen niemand mehr im Haus war, hatten sie geprobt, bis alles wie am Schnürchen klappte: Gero spielte die Abteilungsleiterin. Sonja wartete, bis er aus dem Büro kam und zum Fahrstuhl ging. Sobald er die Tür öffnete und einstieg, lief sie mit der Stoppuhr in der Hand über die Treppe ein Stockwerk tiefer zum Verteilerraum, an dessen Tür das Schild *„Nur für autorisierte Personen"* hing. Als Erstes, bevor sie mit der Probe begannen, hatte Gero diese Tür aufgeschlossen. Sonja staunte, dass er einen Schlüssel zu dem winzigen Schaltraum besaß. Als sie fragte, woher er ihn hätte, sagte er nur: „Das willst du nicht wissen."

Sie wollte schon, aber sie bestand nicht darauf, sie konnte es sich sowieso denken. Gero spielte im selben Fitnesscenter Squash wie der Hausmeister.

In dem engen kleinen Raum gab es ein Schaltpult. Wenn ein Aufzug stecken blieb, sprang ein Sicherheitsschalter heraus und schaltete den Strom ab. So hatte Gero ihr das erklärt. Umgekehrt funktionierte es auch. Wenn man den Schalter umlegte, stoppte der Aufzug. Sonja sollte – genau vierzig Sekunden nachdem Doktor Berenz den Fahrstuhl betreten hatte – den Schalter runterdrücken, dann das Büro wieder abschließen, den Schlüssel mitnehmen und ganz ruhig zurück in ihr Büro gehen, so, als ob nichts gewesen wäre. Genau vierzig Sekunden mussten es sein, weil dann der Aufzug zwischen den Stockwerken stoppte. Andernfalls hätte die Berenz die Tür mit ihrem Schlüssel öffnen können.

„Null Risiko für dich, mein Mädchen", hatte Gero gesagt und sie an sich gezogen. „Wenn es läuft wie geplant –

ausgezeichnet. Falls nicht, vergessen wir die Sache. Du gehst kein Risiko ein. Pass auf, dass dich keiner sieht, das ist alles. Falls dich jemand beobachtet, brichst du ab. Und vor allem, kein Wort zu irgendwem!"

Trotzdem hatte Sonja, als es endlich soweit war, große Angst davor, entdeckt zu werden – aber schließlich hatte alles geklappt. Bis der Hausmeister den Wartungsingenieur herbeigerufen, der nach der Ursache für die Störung gesucht und dann den Aufzug wieder aktiviert hatte, war eine Dreiviertelstunde vergangen, das hatte gereicht.

Als Gero aus Hamburg zurückkam, war er glücklich und stolz. Ihren heimlichen Erfolg feierten sie in der *„Sandbar"*. Gero hatte die ganze Zeit über immer wieder gelacht, weil alles so gut geklappt hatte. Es war ein wundervoller Abend. Auf der Dachterrasse mit dem kleinen nachgebildeten Palmenstrand hatten sie sich mit Geros Freunden getroffen. Die ganze Gruppe war in Feierlaune. Die Frauen sahen bis auf eine nicht besonders aus, waren aber bester Stimmung, obwohl die Männer sich alle nur um Sonja bemühten. Sie hatte so viele nette Komplimente bekommen! „Sexiest girl around" hatte einer von Geros Freunden sie zu fortgeschrittener Stunde genannt. Gero war direkt ein bisschen eifersüchtig geworden. Sie hatten viel gelacht und später sogar getanzt. Es war wie im Urlaub in Spanien: Milde warme Luft, man sah die Sterne am Himmel, und Gero hatte diese einmalige Art, einen in den Arm zu nehmen. Beim Gedanken daran, wie er sie sanft, aber fest an sich zog und gegen seinen Körper drückte, stieg eine wohlige Wärme in ihr auf, die ihre Wangen zum Glühen brachte. Sie wusste einfach, dass er der Richtige für sie war. Nicht Lukas, dieser überdrehte Kindskopf, der hatte gegen Gero überhaupt keine Chance. Das hatte sie ihm jetzt auch schon oft genug deutlich gesagt. Trotzdem versuchte er bei jeder Gelegenheit, sich wieder bei ihr einzuschmeicheln. Langsam wurde er ihr wirklich lästig.

Der Fahrstuhl ließ weiter auf sich warten. Sonja zog erst den einen, dann den anderen ihrer hochhackigen Schuhe aus, um ihre Fußballen auf dem Steinboden zu kühlen. Ihre Gedanken kreisten dabei immer noch unaufhörlich um Gero: Gar nicht glücklich war sie darüber, dass er in letzter Zeit so viel arbeiten musste und sie sich nur selten treffen konnten. Sie sah ja ein, dass er sich anstrengte, um mit seiner Karriere voranzukommen, ab und zu sollte er sich aber doch einen Abend frei nehmen. Es hatte keinen Zweck, ihn zu drängen, dann wurde er wütend, so wie gestern. Sie hatten sich im Treppenhaus vor dem CATI schlimm gestritten, weil sie mit ihm einen Film ansehen wollte und er wieder keine Zeit für sie hatte. Es war doch wohl nicht zu viel verlangt, mal wieder ins Kino gehen zu wollen! Das war er ihr schuldig, nachdem er seinen Urlaub gebucht hatte, ohne ihr etwas davon zu sagen. Jetzt musste sie alle wieder ausladen, die sie für die Überraschungs-Party zu seinem Geburtstag eingeladen hatte. Jedes Mal, wenn sie daran dachte, ärgerte sie sich, dass sie so übereifrig gewesen war. Warum hatte sie sich nicht erkundigt, was er vorhatte? Und dass er nicht auf die Idee gekommen war, sie zu fragen, ob sie mit ihm verreisen wollte, kränkte sie schwer. Sie brachte zwar Verständnis dafür auf, dass er mit seinen Schulfreunden wie jedes Jahr zum Tauchen fahren wollte, aber sie könnten doch alle ihre Freundinnen und Frauen mitnehmen. Sie tröstete sich damit, dass sich solche Schulfreundschaften irgendwann auseinanderlebten. Wenn Männer erst mal heirateten und Kinder hatten, hörte das von allein auf, da war sie sich sicher. Und nächstes Jahr würden sie einen gemeinsamen Urlaub planen, von Anfang an, das hatte Gero ihr versprochen.

Endlich! Der Gong schlug an und die Fahrstuhltür öffnete sich. Sonja wartete, bis die schräge Interviewerin, die sie „Äffchen" nannten, und Fritz, der vergammelte Supervisor, ausgestiegen waren. Beide grüßten ganz nett. Schon erstaunlich, was für Gestalten hier als „Freie" arbeiten durften. Bloß gut, dass die Leute nicht sahen, wer da bei ihnen anrief! Aber es gab auch andere, die schönen Zwillingsschwestern zum Beispiel, oder den Schwarzhaarigen mit den sanften Augen, der neulich mit ihr anbandeln wollte, der war süß. Doch die Interviewer waren alle verkrachte Existenzen, hatten ihr Studium abgebrochen oder ihren Job verloren – mit so einem würde sie bestimmt nichts anfangen, egal wie gut er aussah. Sonja drückte auf den Knopf zum fünften Stock.

Eigentlich hatte sie wegen der seltsam hohen Interviewer-Kosten bei der Online-Studie noch mit Otto sprechen wollen, damit er gewarnt war, falls er einen Fehler gemacht hatte. Aber das war ja unwahrscheinlich. Bei einer Online-Studie brauchte man doch gar keine Interviewer. Die Befragten tippten ihre Antworten zuhause an ihren Computern ein. Da hatte sich jemand gewaltig in der Projektnummer geirrt. Nur wie konnte das passieren, bei all den Kontrollen?

Nachdem Günter Simon, der Geschäftsführer, keine Zeit für Sonjas Entdeckung gehabt hatte, war ihr Frau Sommer, die Feldleiterin, eingefallen. Alles, was mit Interviewern zu tun hatte, nannten sie „Feld“, das passte. Sonja hatte sich aufgerafft und mit Frau Sommer gesprochen, obwohl die meist ätzend und grob war. Dieses Mal hatte sie jedoch ihre Zuckerseite gezeigt, hatte versprochen, sich die Kostentabelle anzusehen, schließlich ging es ja um Geld. Sonja war gespannt, was sie sagen würde. Eigentlich war es ja nicht ihre Aufgabe, sich um die Höhe der Kosten zu kümmern, aber Eigeninitiative wurde gerne gesehen und belohnt. Wenn man Fehler aufdeckte, gab es manchmal sogar eine Prämie.

Mit hartem Ruck hielt der Fahrstuhl im fünften Stock, Soja stieg aus und machte sich auf den Weg zum CATI.

Schnelle Schritte hinter ihr ließen sie aufhorchen. Sie drehte sich um. Überrascht fragte sie:

„Wo kommst du denn jetzt her?“

Carlo trommelte mit den Fingern auf der Wand. Er war pleite. Mit der fälligen Überweisung hatte er fest gerechnet. Wen könnte er anpumpen? Er würde im CATI allen erzählen, dass sie auf ihr Geld warten mussten. Sie sollten einen Aufstand machen. So ging das nicht! Otto war ein umgänglicher Typ, aber er hatte keine Ahnung von Organisation. Nichts klappte in diesem Laden.

Wie zum Gegenbeweis öffnete sich der Aufzug vor ihm, und er erreichte den fünften Stock nach ungewohnt wenigen Stopps. Der Flur lag verlassen, Carlos Schritte hallten durch das Haus. Plötzlich zuckte er zusammen. Hatte er aus dem Augenwinkel nicht gerade etwas im Treppenhaus gesehen? Hastig beugte er sich über das Geländer, um nachzuschauen.

„Ach du Schande“, flüsterte er.

Ein halbes Stockwerk unter ihm lag Sonja auf dem Treppenabsatz, der Körper seltsam verdreht, die Arme ausgebreitet, die Beine angewinkelt wie zum Laufen. Ihr kurzer Rock war hoch gerutscht. Ihre hellblauen Stöckelschuhe hatte sie auf den oberen Stufen verloren. Um sie herum lagen Papiere verstreut.

Carlo rannte die Treppe hinunter, kniete neben ihr, rief ihren Namen. Sie rührte sich nicht. Die Augen blicklos. Das dichte blonde Haar wie um den Kopf geweht. Carlo legte seine Hand an ihre Wange. Sie fühlte sich warm an. Er sprang auf, nahm mehrere Stufen gleichzeitig, riss die Tür zum CATI auf und hätte beinahe Frau Sommer umgerannt.

„Sonja ist gestürzt“, er räusperte sich, um seine Stimme wiederzugewinnen. „Ich rufe den Notarzt.“

Nach dem Anruf hastete er zurück in den Flur. Frau Sommer richtete sich auf. Sie hatte Sonjas Rock zurechtgezupft, so dass der Slip jetzt bedeckt war. Sie schüttelte den Kopf.

„Sieht böse aus. Man kann nichts tun. Wenn wir sie bewegen, machen wir es nur schlimmer.“

Dann sah sie sich um.

„Heb mal die Sachen auf. Das sind Rechnungen, die dürfen hier nicht herumliegen.“

Carlo sammelte die Papiere ein. Alles Rechnungen, wie die Sommer gesagt hatte. Er steckte sie in die Mappe, die einen Absatz tiefer geschlittert war. Aus dem CATI drängten die Interviewer in den Flur, um zu sehen, was passiert war, die Sommer scheuchte sie zurück. Endlich öffnete sich die Tür des Expressaufzugs. Der Notarzt und seine Helfer eilten herbei und knieten sich auf den Boden neben Sonja. Der Arzt beugte sich über sie, betastete mit seinen behandschuhten Händen ihren Körper. Vom Treppengeländer aus beobachtete Carlo jeden Griff. Nach wenigen Minuten strich der Arzt über Sonjas Gesicht und schloss ihr die Augen, dann stand er auf.

„Nichts mehr zu machen", sagte er. „Sie hat sich wahrscheinlich das Genick gebrochen."

Spät in der Nacht lehnte Hajo Eckerth am geöffneten Fenster seines Zimmers im Hotel. Er sog die kalte Luft ein, starrte auf die schwarze Felswand und hoffte, dass der Obstler die Erinnerung aus seinem Kopf löschen würde. Bis in den Abend hatten die Bergungsarbeiten gedauert. Halblaut redeten die Kollegen über das hohe Risiko, das mit diesen Trainingstagen immer schon verbunden gewesen war. Alle schienen erleichtert, als die Touren für den Rest der Woche gestrichen und die Abreise jedem freigestellt wurde, sobald die österreichische Polizei ihre Vernehmungen abgeschlossen hätte. Einige behaupteten sogar, sie hätten die Katastrophe kommen sehen.

Hajo gingen die Fragen der Gendarmen nicht aus dem Kopf:

„Worüber haben Sie gesprochen? Haben Sie gestritten?"

Wieso sagten sie so etwas? Die Kollegen sahen ihn mitfühlend an, sprachen ihm Trost zu. Doch er hörte nur die nicht gestellte Frage, warum er seinen Freund nicht länger hatte festhalten können. Aufstöhnend warf er sich quer über das Bett. So viel Alkohol *musste* doch besinnungslos machen!

Mit bohrendem Kopfschmerz wachte er auf. Blinzelnd versuchte er, das Licht abzuwehren, das unerbittlich in seine Augen stach, obwohl die Lamellen des Fenstervorhangs geschlossen waren. Er lag auf einem schmalen Bett und fror. In der Oberseite seiner rechten Hand steckte eine Kanüle, er hing am Tropf. Wie war er hierher gekommen? Wo war er? Schubweise kehrte die Erinnerung zurück: an den Sturz, an den schwarzen Plastiksack, in dem sie Günter weggetragen hatten, an die Vernehmung durch die Polizei und an den Obstler. Ihm war schlecht. Sein Körper fühlte sich an, als ob etwas Großes, Schweres über ihn hinweggetrampelt wäre. Langsam schloss er die Augen, nur um sie direkt wieder aufzureißen, als sich jemand über ihn beugte.

„Wie fühlen Sie sich?“

Was für eine laute Stimme. Hajo stöhnte.

Der Sanitäter trat einen Schritt zurück und kontrollierte den Tropf, an den Hajo angeschlossen war.

„Der Arzt kommt gleich.“ Seine Worte hallten in Hajos Kopf.

„Wo bin ich?“

„Notfallstation. Ihre Kollegen haben Sie vorgestern Nacht eingeliefert.“

„Vorgestern!“ Hajo fuhr hoch, legte sich aber gleich wieder hin, weil ihm schwarz vor den Augen wurde.

„Blutspiegel fast drei Promille. Alkoholvergiftung. Drittes Stadium“, sagte der Sanitäter.

Erschöpft schloss Hajo die Augen. Kurz darauf schrak er wieder auf, als ihm jemand die Hand auf den Arm legte.

Dicht über ihm schwebte Pol Dellis' quadratischer Schädel mit dem gescheitelten Haar und der Kerbe im Kinn. Die Knopfaugen des CEO glitzerten.

„Schön, dass Sie wieder bei uns sind", dröhnte er.

Mussten denn alle so laut sein? Hajo versuchte zu lächeln.

„Erholen Sie sich noch ein paar Stunden, dann bringen wir Sie nach Hause. Danken Sie unserer Norwegerin. Sie hat darauf bestanden, dass wir nach Ihnen sehen. Wer weiß, wie die Sache sonst ausgegangen wäre."

„Ein paar Stunden später und wir hätten nichts mehr für Sie tun können", mischte sich der Sanitäter noch einmal ein.

Hajo war erleichtert, als die beiden endlich den kahlen Raum verließen, damit er seine Ruhe hatte. Er schlief ein, schreckte aber immer wieder auf, weil das fortdauernde Echo von Günters Schreien in seinen Ohren hallte und die glitzernden Augen des CEO aus der Dunkelheit auf ihn zurasten.

Pol Dellis kümmerte sich um alles persönlich. Er organisierte die Überführung von Günters Leiche, ordnete an, wie Günters und Hajos Gepäck sowie die Autos zurückgebracht werden sollten. Am Nachmittag reiste er dann zusammen mit Hajo nach Frankfurt. Dass sein Schützling unter Flugangst litt, wusste er nicht. Er hatte einen Hubschrauber gechartert, um ihnen, wie er Hajo erklärte, die Alpenstraßen mit ihren zahllosen Steilkehren zu ersparen. In Friedrichshafen stiegen sie in den Firmen-Jet um. Hajo überstand den Flug den Umständen entsprechend gut. Viel bekam er nicht mit, denn er fühlte sich immer noch wie im Koma. Erst als er festen Boden unter den Füßen spürte, kam er wieder zu sich. Auf der Fahrt vom Flugplatz Egelsbach nach Frankfurt informierte ihn der Chef über Sonjas tödlichen Unfall im Hochhaus. Hajo stöhnte. Er schlug die Hände vors Gesicht und wandte sich ab, damit Pol Dellis nicht sah, wie erleichtert er war. Wieder ein Problem weniger, um das er sich jetzt kümmern musste. Alles lief gut für ihn. Seinen Plänen stand nichts mehr im Weg.

# IM POLIZEIPRÄSIDIUM

Carlo trabte neben dem blau uniformierten Beamten her, der ihn im Schnellgang über die endlos langen Flure des Polizeipräsidiums führte. Telefonisch hatte man ihn gebeten, um 11:00 Uhr zu einem Gespräch bei Kriminalrat Lorenz zu erscheinen, der ein oder zwei Fragen im Zusammenhang mit Sonjas Treppensturz an ihn habe. Seit Tagen war Carlo nicht mehr im CATI gewesen. Er brauchte Abstand. Doch Geld hatte er auch dringend nötig, deswegen arbeitete er ab heute im Studio auf der Zeil. Eigentlich hatte er gar keine Zeit für die Polizei. Es wäre aber wichtig, hatte die Anruferin gesagt, und es würde nicht lange dauern. Dabei hatte sie es so klingen lassen, als ob dieser Kriminalrat etwas ganz Besonderes sei, anscheinend war er mindestens so bedeutend wie der Polizeipräsident. Das Protokoll, in dem alles stand, was Carlo zu Sonjas Unfall zu sagen hatte, war längst von ihm unterschrieben worden. Deshalb wunderte er sich, warum er heute noch einmal hierher zitiert wurde.

Endlich klopfte sein wortkarger Führer an eine Tür, öffnete gleich darauf und bedeutete Carlo einzutreten, er selbst blieb draußen. Ein hochgewachsener Mann drehte sich vom Fenster zu Carlo um. Dichtes graues Haar, kurz getrimmter grauer Schnurrbart – großväterlich. Mit seinem ausgebeulten Tweed-Anzug und der blaugemusterten Fliege sah er aus wie ein altmodischer Professor. Der Kriminalrat schüttelte ihm die Hand und wies auf den Stuhl vor seinem klobigen Schreibtisch. Bildschirm und Tastatur auf der übereck angefügten Platte waren anscheinend das allerneueste Modell.

„Sehr freundlich, dass Sie gekommen sind", sagte er. Er setzte sich ihm gegenüber, hob von einem bunt gemischten Stapel eine schmale rote Mappe ab und legte sie ungeöffnet vor sich auf die Schreibunterlage. Carlo roch schwachen Tabakduft. Unbefangen sah er sich um. Dieses Büro unterschied sich von allen anderen, in die er bisher einen Blick geworfen hatte; es wirkte wohnlich. Die Regale an beiden Längswänden waren vollgestopft mit Büchern und gebundenen Zeitschriften. Offensichtlich Fachliteratur. Auf dem Fensterbrett und dem Tisch davor Berge von mit gelben Merkzetteln gespickten Büchern, selbst auf einem der drei blauen Polstersessel lag ein Stapel Bücher. Im Regal links von Carlo las er in Augenhöhe auf den Rücken mehrerer dicker Wälzer den Namen KR Lorenz, darunter Titel wie: *„Grundlagen der Kriminalistik", „Kriminalistische Tatortarbeit", „Kriminalistisches Denken"* – aha.

Der Kriminalrat folgte seinem Blick.

„Ich unterrichte an der Polizeihochschule", sagte er kurz.

Na bitte, ein Professor.

„Haben wir Sie von Ihrer Arbeit beim Telefonieren weggeholt?", fragte Lorenz.

„Ich arbeite erst mal woanders. Im Hochhaus hätte ich dauernd Sonja vor Augen, wie sie auf der Treppe liegt."

„Verstehe. Wie gut kannten Sie Sonja Wessing?"

„Nicht besonders. Ab und zu haben wir geredet, wenn ich die Interviewer-Rechnungen in die Buchhaltung gebracht habe."

„Hübsche Frau."

„Ja."

„Erzählen Sie mal."

„Wie ich sie gefunden habe?“

„Fangen wir mit Ihrer Zusammenarbeit an. Wie sah die aus?“

„Wie meinen Sie das?“

„Interviewer und Buchhaltung, erklären Sie mir den Ablauf.“

Carlo schilderte, wie Rechnungen geschrieben, geprüft und bezahlt wurden. Der Kriminalrat lehnte sich zurück, verschränkte die Arme vor der Brust und fuhr langsam mit dem Daumen der rechten Hand über seinen Schnurrbart. Einmal nach links, einmal nach rechts. Dabei hielt er seine ernsten hellen Augen auf Carlo gerichtet.

„Was für eine Frau war sie? Wie muss ich mir die lebende Sonja Wessing vorstellen?“, fragte er.

Carlo beschrieb sie vor allem als tüchtig, sorgfältig, freundlich und liebenswert, erwähnte ihren Grünpflanzen-Tick, überlegte kurz, ob er über die Kaffee-Einladung reden sollte, entschied sich dann aber dagegen.

Lorenz war ganz Ohr. Nickte ab und zu verstehend. Dieser Typ wirkte unheimlich sympathisch, jedenfalls war das kein verknöcherter Beamter.

„Die Obduktion hat ergeben, dass Sonja Wessing ermordet wurde“, sagte der Kriminalrat.

„Was? Wieso?“

„Die Ergebnisse sind eindeutig. Es war kein Unfall.“

„Woran erkennt man denn, dass es kein Unfall war?“

Kriminalrat Lorenz lächelte belustigt, als wäre die Frage keiner Antwort würdig. Er lehnte sich ein wenig vor, kreuzte die Hände locker auf der Schreibunterlage und blickte Carlo in die Augen:

„Sie waren verliebt. Sonja hat Sie abgewiesen, und Sie haben die Beherrschung verloren“, sagte er mit so viel Verständnis in der Stimme, dass Carlo beinahe genickt hätte. Was sollte das werden? Carlo straffte die Schultern, rutschte mitsamt seinem Stuhl ein paar Zentimeter zurück.

„Ich hab Sonja gefunden, sonst nichts“, sagte er heftig.

„Ihre Fußspuren sind überall.“

„Ja sicher. Weil ich die Rechnungen eingesammelt habe, die lagen überall auf der Treppe verstreut.“ Carlos Stimme klang nicht halb so entspannt, wie er beabsichtigt hatte.

„Sonja Wessing hat Sie abgewiesen.“ Auf einmal ließ Lorenz’ Blick jede Milde vermissen. „Wir haben mehrere Zeugenaussagen dafür.“

„Was?“, Carlos Auflachen klang ihm selbst wie gekrächzt.

„Herr Bergmann, Sie haben Sonja Wessing Offerten gemacht, und sie hat abgelehnt.“

„Offerten! Ich hab sie zum Kaffee eingeladen.“

„Und?“

„Sie wollte nicht.“

Lorenz nickte, lehnte sich in seinem Sessel zurück.

Carlo rieb die Hände auf den Knien seiner Jeans. Für feuchte Handflächen gab es doch überhaupt keinen Grund. Woher wusste dieser Typ, dass Sonja ihn abblitzen ließ? Und überhaupt: Von wegen abgeblitzt, sie wollte keinen Kaffe mit ihm trinken. Machte ihn das jetzt verdächtig?

„Genau in der Zeit, als Sonja Wessing gestorben ist, waren Sie im Hochhaus unterwegs. Was haben Sie gemacht, nachdem Sie die Buchhaltung verlassen hatten?“

„Auf den Fahrstuhl gewartet.“

„Niemand hat Sie gesehen.“

Carlo zuckte mit den Schultern. „Sie haben die Buchhaltung in erregtem Zustand verlassen. Mit Türenknallen."

„Das hatte doch nichts mit Sonja zu tun!"

„Gleich darauf sind Sie Sonja Wessing begegnet. Die Situation ist eskaliert."

„Nein!" Carlo räusperte sich, weil er fürchtete, dass seine Stimme wegblieb. „Ich bin ihr überhaupt nicht begegnet."

Ein dünner Schweißfilm bildete sich auf seiner Stirn.

Lorenz lehnte sich wieder zurück, sah ihn unverwandt an. Schon wieder fuhr er sich mit dem Daumen über den Schnurrbart – einmal nach links, einmal nach rechts – eine Marotte.

„Sie haben einen Fehler gemacht", sagte er nicht unfreundlich.

„Was für einen Fehler?"

Carlos Handy vibrierte in der Brusttasche seines Hemdes. Er ignorierte es.

„Was denn für einen Fehler?", beharrte er.

„Gehen Sie ruhig dran."

Carlo schlug sich auf die Brust, bis das Handy Ruhe gab. „Was für einen Fehler?"

Wieder dieser spöttische Blick. Carlo sprang auf, warf dabei seinen Stuhl um. „Das ist doch absurd!", schrie er.

Sofort erschien der Blaue in der Tür.

Lorenz blätterte in der schmalen Mappe.

„Wir sind fertig", sagte er. „Sie können jetzt gehen. Wir wissen ja, wo wir Sie finden."

Fluchtartig verließ Carlo das Präsidium. Verrückte Gedanken schwirrten ihm durch den Kopf: Hatten sie nicht erst vor kurzem irgendeinen entlassen, der fünf Jahre im Kittchen war, weil er angeblich eine Bank ausgeraubt hatte?

Nur weil der echte Räuber aus freien Stücken gestand, hatten sie ihn freilassen müssen. – Überall Fußspuren! Die Sommer wusste doch, warum er dort herumgestiegen war. Was faselte der Typ dauernd von einem Fehler? Brauchte er jetzt einen Anwalt? Er kannte keinen Anwalt. Und wie sollte er den bezahlen? Das war doch alles Irrsinn!

Wieder vibrierte sein Handy.

Fritz, der Supervisor aus dem Studio, erschien auf dem Display.

„Ja!", bellte Carlo.

„Oh, wir sind schlecht gelaunt."

„Was ist?"

„Ich will nur fragen, wann du kommst, wir brauchen dich. Lass uns nicht hängen."

„Bin ja auf dem Weg." fauchte Carlo.

„Okay, okay. Hauptsache du kommst. Wo bist du jetzt?"

*„Miquel-Adickes!"*

„Dann bis gleich."

Ohne zu antworten, drückte Carlo ihn weg. Am liebsten wäre er nach Hause gefahren. Nach Arbeit stand ihm jetzt überhaupt nicht der Sinn. Doch er brauchte Geld. Und Fritz hatte ihm versprochen, ihn bar aus der Studiokasse zu bezahlen. Denn heute Abend war er mit der Superfrau aus Hannover verabredet. Endlich hatte es doch noch geklappt. Natürlich brauchte er dafür ein paar Euro in der Tasche.

Die Aussicht auf den Abend mit der blonden Schönen hellte seine Stimmung ein wenig auf. Er stieg die Treppe zur U-Bahn-Station Miquel-Adickesallee hinunter, als der Zug bereits hereinzischte. Ganz schön voll für diese Tageszeit. Carlo fand einen Platz am Fenster zwischen all diesen völlig isolierten Typen, die mit ihren Handys simsten und surften, was das Zeug hielt. Die Bahn ruckte an, fuhr aber nicht los. Gleich zwei Mal hintereinander erklang die Automatenstimme der Ansagerin: „Bitte treten Sie zurück, die Türen schließen."

Nichts rührte sich. Dann plötzlich aus dem Lautsprecher eine männliche Stimme – tief, live und so laut, dass selbst die Simser aufhorchen mussten:

„Wagen zwo! Nimm dei Schwimmfüss aus derr Tür, oder solle merr hier aawachse?"

Trotz all seines Ärgers musste Carlo grinsen. Eine Art kollektives Schmunzeln breitete sich im Abteil aus, als der Zug aus der Station glitt. Carlo machte es sich in seiner Ecke bequem und überdachte seine Lage. War das jetzt eine ernste Sache, oder sollte er das Gerede des Kriminalrats einfach vergessen? Vielleicht hatte er nur mal einen Schuss ins Blaue abgefeuert, weil er nicht weiterkam?

Carlo ging das Gespräch im Kopf noch einmal durch. Der alte Mann wollte ihn austricksen: Erst plauderte er freundlich, dann packte er die Keule aus und zack, der Täter gestand alles ein. Pech für den Kriminalrat, dass er seine Vernehmungskünste beim falschen Mann angewandt hatte.

Die Haltestelle *„Holzhausenstraße"* hatten sie bereits passiert, schon fuhren sie in der Station *„Grüneburgweg"* ein. Wenn die Polizei glaubte, gegen Carlo einen handfesten Beweis zu haben, dann hätte ihn der Kriminalrat doch nicht wieder gehen lassen? Also kein Grund zur Sorge?

Gleich darauf hielt die Bahn am *„Eschenheimer Tor"*. Ein paar von den Simsern verließen den Zug, jede Menge Telefonierer drängten sich herein. Eine Spanierin sprach sogar so laut, dass es Carlo schwerfiel, einen klaren Gedanken zu fassen. Ob der Kriminalrat selbst an seine Geschichte glaubte? Die Attacke war ein Versuchsballon, sonst nichts. Einfach ignorieren war wahrscheinlich das Beste. Sie fuhren in der *„Hauptwache"* ein. Carlo stieg aus, drängelte sich mit den anderen auf der Rolltreppe. Und wenn der Kriminalrat nicht locker ließ? Nur zu sagen: „Ich war es nicht", würde wohl kaum reichen. Also besser doch einen Anwalt suchen? Nur wie sollte er ihn bezahlen? Er drehte sich im Kreis. Missmutig trottete Carlo die Zeil entlang Richtung Studio OM-Research.

# IM 34. STOCK

Hajo Eckerth saß allein in dem geräumigen Büro seines toten Freundes. Die Tür hatte er abgeschlossen, damit er ungestört blieb. Auch wenn er mit Günter etwas Vertrauliches zu besprechen hatte, mussten sie die Tür abschließen, sonst platzte ständig irgendein Mitarbeiter herein. Frau Maurer, Günters Sekretärin, war ihnen dabei auch keine Hilfe. Die vertrocknete alte Jungfer war immer so intensiv mit ihren Briefen und Statistiken beschäftigt, dass sie erst aufsah, wenn es bereits zu spät war und der ungebetene Besucher schon im Chefzimmer stand.

Konzentriert blätterte Hajo in Günters Notizbuch. Die Kürzel waren für ihn leicht zu durchschauen. Trotzdem nahm er sich für jeden einzelnen Vermerk Zeit, bevor er das schmale Heft in den Karton zu Günters anderen persönlichen Sachen legte. Günters Frau hatte sich für den Nachmittag angesagt, um alles, was ihrem Mann gehört hatte, abzuholen. Besonders das Bild mit dem Badezimmermosaik, das über der Sitzgruppe hing, war ihr wichtig. Anscheinend hatten sie dafür richtig viel Geld hingeblättert. Ausdrücklich hatte sie darum gebeten, dass Frau Maurer das Gemälde transportsicher verpackte. Die Sekretärin hätte so etwas schon öfter zuverlässig für sie erledigt.

Hajo interessierte sich nicht für moderne Kunst, ihm gefielen nur die alten Meister, mit den Zeitgenossen wusste er nichts anzufangen. Er glaubte, dass Günter genauso gedacht hatte und dass er mit dem kostspieligen Bild nur angeben wollte. Wenn es ihm wirklich gefallen hätte, hätte er es doch wohl zuhause aufgehängt.

Beklommen sah Hajo dem Treffen entgegen. Er hatte Günters Frau nach dem Unfall im Montafon nur einmal gesehen. Nachts quälten ihn Träume. Immer wieder sah er Günter fallen, hörte den Schrei und das langanhaltende Echo aus den Bergen. Seine Lebensgefährtin weckte ihn dann, weil er furchtbar stöhnte. Sie war verständnisvoll, die Alpträume würden mit der Zeit verblassen, sagte sie. Warum er nicht zum Therapeuten ginge? – Wenn sie wüsste ...

Noch am selben Tag, als sie aus dem Montafon zurück waren, hatte er zusammen mit Pol Günters Frau besucht. Anfangs war sie ganz gefasst gewesen, hatte Pol für seine Hilfe gedankt. Auch ihm, Hajo, hatte sie gedankt. Wenig später war sie zusammengebrochen. Der Arzt musste kommen.

Alle Papiere aus Günters Schreibtisch hatte er gründlich durchgesehen, hatte sich vergewissert, dass darin keinerlei Hinweise auf die getürkten Interviewer-Rechnungen oder sein ungenehmigtes Forschungsprojekt steckten. Einen Hefter voller Charts aus der ersten Testwelle hatte er gefunden, sonst nichts. Seite für Seite hatte er alles in den handlichen Schredder unter dem Schreibtisch gefüttert, während er darüber nachdachte, wie alles angefangen hatte.

Nach der ersten Runde waren die Ergebnisse enttäuschend gewesen. Günter hatte sofort abbrechen wollen, und nur mit Mühe hatte Hajo ihn zu einem weiteren Test überreden können. Später teilte er ihm einfach nicht mehr alle Einzelheiten mit, um ihn in Sicherheit zu wiegen und ungestört weiterarbeiten zu können. Die Erfahrung hatte ihn gelehrt, dass er Günter am besten im Griff hatte, wenn er ihn möglichst knapp informierte. Fortan sprach er mit ihm also nur noch über seine Erfolge. Nach und nach hatten sie die Gewichtung der Faktoren angepasst, so dass die Vorhersagen von Welle zu Welle immer besser zutrafen. Ein gewisses Durchhaltevermögen musste schon sein. Man durfte nicht gleich beim ersten Fehlschlag einknicken.

Hajo sah sich um. Zu gerne würde er in Günters Büro einziehen! Ein Eckzimmer hoch oben im Hochhaus war für Frankfurter Manager das Größte. Schon immer hatte er seinen Freund um dieses Statussymbol beneidet. Hajo lehnte sich in dem bequemen Chefsessel zurück. Seinen alten Rollschrank aus Holz würde er mitbringen, dafür müssten zwei der schwarzen Stahlschränke weichen, und selbstverständlich würde er seine ganze Technik einbauen lassen. Platz war ja reichlich vorhanden. Der Schreibtisch sollte allerdings mehr in die Raummitte gerückt werden, dann würde er sich besser fühlen.

Leider sah die Realität etwas anders aus: Als er an das letzte Gespräch mit Pol Dellis zurückdachte, ballte Hajo unwillkürlich die Faust. Denn bevor der CEO nach Brüssel abgereist war, hatte er ihm eine Riesenenttäuschung bereitet:

„Sie sind uns als IT-Leiter zu wichtig, Hajo“, hatte er ihm unter vier Augen gesagt. „Wir brauchen auf dieser Position einen Könner wie Sie.“

Was für ein vergiftetes Lob!

Hajo sollte die Geschäftsführung so lange kommissarisch übernehmen, bis sie einen neuen, ausgewiesenen Marketingexperten gefunden hätten, der zu ihm passen und ihm die Sorge um das tägliche Geschäft abnehmen würde.

„Sie bleiben Stellvertreter wie bisher. Dann haben wir in der Führungsspitze die ideale Kombination aus Marketing und Technik."

Hajo hatte nur herausgehört, dass er den Job nicht bekommen sollte, er würde wieder nur Zweiter sein. Pols freundliche Worte waren Verpackung, sonst nichts. Dass er sein Fach beherrschte, brauchte ihm keiner zu sagen. Er empfand es viel eher als große Ungerechtigkeit und Kränkung, dass Pol Dellis ihn übergehen wollte. Das hatte er sich ganz anders vorgestellt! Er hatte sogar erwartet, seinen Vize selbst auswählen zu können, und dafür schon Frau Doktor Berenz vorgesehen. Die hatte sich in jahrelanger Zusammenarbeit mit ihm bewährt und leitete inzwischen erfolgreich die größte Abteilung im Haus. Eine Beförderung zur stellvertretenden Geschäftsführerin wäre angemessen. Marketing konnte doch jeder von ihnen.

Er musste alle Hebel in Bewegung setzen, um Pol Dellis zu beweisen, dass er, Hajo, der Richtige war, dass Pol keinen neuen Mann zu suchen brauchte. Wenn ein Neuer kam, musste er das Programm löschen, das ihm mit den Phantom-Rechnungen sein geheim gehaltenes Forschungsprojekt finanzierte. Bei Pols Abreise hatte er sich vorgenommen, damit sofort zu beginnen. Das war vor zwei Wochen, heute dachte er anders darüber: Nur nichts überstürzen! Er brauchte dieses Geld noch eine Weile, so kurz vor dem Ziel wollte er seinen Traum nicht begraben.

Ob er nun Stellvertreter blieb oder nicht, Hauptsache, seine Methode war anwendungsreif, dann könnte er seine eigne Firma gründen, und das Geld würde hereinsprudeln wie aus einem Springbrunnen. Er kannte genug Beispiele, bei denen Ähnliches geklappt hatte. Seine Lebensgefährtin hatte sogar vorgeschlagen, dass sie beide sich schon jetzt selbständig machen sollten. Jeder außer Pol Dellis würde verstehen, dass Hajo nicht auf ewig bereit sein würde, die zweite Geige zu spielen. Doch das war ihm zu früh. Auf keinen Fall wollte er mit einem nicht ganz ausgereiften Konzept scheitern.

Brüssel brauchte bestimmt Zeit, sie konnten keinen Neuen aus dem Hut zaubern. Selbst wenn sie ihm einen vor die Nase setzten, war das noch kein Grund abzubrechen. Der Neue musste sich schließlich erst einarbeiten. Hajo war der Senior! Er würde ihm zeigen, was er sehen sollte, anderes nicht. Seinen Traum würde er realisieren, auch wenn er den Job nicht bekam.

Wieso hielt er sich überhaupt mit Skrupeln auf? Eigentlich stand ihm das Eckzimmer zu. Die Zuteilung der Räume lag jetzt in seiner Entscheidung. Wenn ein Neuer kam, musste der eben mit dem Vorlieb nehmen, was übrig war. Richtig! Sobald Günters Sachen abgeholt waren, würde er seinen Umzug anordnen.

Entschlossen stand er auf und öffnete die Tür. „Frau Maurer!"

Die Sekretärin war nicht an ihrem Platz. Er sah auf die Uhr. „Verlängerte Mittagspause", brummte er. „Könnte sich wenigstens abmelden."

Heute würde er das auf sich beruhen lassen. Sie sollte sich nur nicht so sicher fühlen. Sie war Günters Sekretärin. Er hingegen glaubte nicht, dass er sie unbedingt brauchte.

Frau Maurer, eine schmächtige Person, bückte und streckte sich vor dem Fenster in der Buchhaltung, um Sonjas Pflanzen zu wässern. Ihr graues Haar, stets sorgfältig in asymmetrischen Fransen frisiert, geriet dabei aus der Fasson.

„Wie oft habe ich Sonja gewarnt", sagte sie. „Diese Absätze machen krank, sie verderben die Gelenke. Ich hätte niemals gedacht, dass eine so junge Frau wie sie auf diese tragische Weise ums Leben kommt. Man sagt ja nicht umsonst, dass man sich auf solch hohen Hacken das Genick bricht."

„Hast du es noch nicht gehört? Sie ist ermordet worden!" Ilse strich ihre langen braunen Haare zurück und sah von der Illustrierten auf. Vor ihr auf einem Blatt Briefpapier lagen die Reste eines Apfels. Drei Stücke Käsekuchen, jedes auf einem rechteckigen Pappteller, warteten darauf, dass der Kaffe durch die unerlaubt aufgestellte Maschine gelaufen wäre.

„Nein, das kann ich nicht glauben." Frau Maurer schüttelte den Kopf, während sie vorsichtig eine kleine Gießkanne in den Wassereimer tauchte, der unter Sonjas Schreibtisch stand.

„Du denkst immer noch, dass sie umgeknickt ist und den Halt verloren hat?" Ruth, die dritte im Bunde dieser Pausengemeinschaft, ließ ihre Beine vom Schreibtisch, auf dem sie saß, herunterbaumeln. Wie immer war sie ganz in Schwarz gekleidet, das betonte ihre schlanke Figur. Wenn sie sprach, vermied sie es, ihr Gesicht zu verziehen, um der Faltenbildung vorzubeugen. Bei ihr zeigten sich weder Krähenfüße um die Augen noch Furchen auf der Stirn. Sie hörte es gern, wenn die Leute sagten, sie könnten gar nicht glauben, dass Ruth schon über fünfzig war.

„Die Polizei wird Beweise für den Mord haben“, fuhr sie fort und betrachtete ihre violett lackierten Fingernägel.

„Die sagen natürlich nichts Genaues.“ Sie zog ein Lackfläschchen aus dem Becher mit Stiften auf ihrem Schreibtisch und besserte eine abgeblätterte Stelle auf einem ihrer Nägel aus. „Es heißt doch immer: Aus ermittlungstaktischen Gründen geben sie nicht alles bekannt.“

„Mir wird ganz schlecht, wenn ich mir vorstelle, dass ein Mörder hier herumläuft.“ Frau Maurer schauderte. „Arme Sonja!“

„Du mochtest sie.“ Ruth blies über ihren restaurierten Fingernagel. „Nett, was Pol Dellis in der Gedenkstunde über sie gesagt hat: ‚zuverlässig und mit Eigeninitiative‘, kam das von dir?“

Frau Maurer richtete sich auf. „Er wollte eine Seite Positives über Sonja aufgelistet haben. Nicht mal die Hälfte davon hat er verwendet.“

„Hast du wirklich eine ganze Seite zusammengebracht?“, rief Ilse. „So viele gute Eigenschaften hatte sie doch gar nicht.“

„Ilse! Sonja ist tot! Sei nicht pietätlos.“ Frau Maurer blickte sie missbilligend an.

Ruth wechselte das Thema: „Meint ihr, dass der Eckerth jetzt aufrückt? Fürs Betriebsklima wäre das echt gut, Eckerth ist nicht so arrogant.“

„Das vielleicht. Aber sonst sehe ich schwarz.“ Frau Maurer stellte die gefüllte Gießkanne auf Sonjas Schreibtisch. „Der kann doch Günter Simon nicht das Wasser reichen“, sagte sie.

„Uns ist das wurscht“, meinte Ilse. „Wir machen unsere Arbeit, egal wer der Boss ist.“

„Sag das nicht." Ruth füllte drei Becher mit Kaffee. „Günter Simon war gut. Ich habe erlebt, wie es hier bergauf ging, nachdem er Chef war. Genauso schnell kann es damit wieder vorbei sein. Das merkst du spätestens, wenn dein eigner Job wackelt."

„Mal nicht den Teufel an die Wand", warnte Frau Maurer. „Zwei Todesfälle so kurz hintereinander. Wir stehen unter einem schlechten Stern. Wer weiß, was noch kommt."

Hinter dem Rücken der Chefsekretärin wedelte Ilse mit der Hand vor der Stirn. „Hört, hört! Kassandra spricht."

„Lach du nur. Du wirst schon sehen." Frau Maurer zupfte ihre Bluse zurecht und strich ihr Haar glatt. „Eckerth ist total abwesend, er beachtet mich gar nicht, hört nicht mal zu, wenn ich was sage."

„Kein Wunder", meinte Ruth. „Was der durchgemacht hat."

„Ob er wohl zu Sonjas Beerdigung kommt?"

## STUDIO AUF DER ZEIL

Von der Hauptwache bis zum OM-Research Studio auf der Zeil brauchte Carlo nur wenige Minuten. Hin und wieder arbeitete er dort gern. Das Studio war kein Prunkstück: Acht Testplätze in unterschiedlich großen Räumen, alle mit Computern, Einwegspiegeln und Mithöranlagen ausgestattet. Bei der Konkurrenz auf der gegenüberliegenden Seite der Zeil hatte er modernere Technik und komfortablere Einrichtungen gesehen. Die OM-Ausstattung war dagegen zweckmäßig und karg. Hier führten sie die Face-to-face-Interviews durch, so hieß das, um sie von den Telefon-Interviews im CATI zu unterscheiden. Im Studio wurden neue Produkte gezeigt oder ausprobiert, die die Kunden von OM-Research in den Markt bringen wollten. Die Zielpersonen, auf deren Meinung der Kunde Wert legte, sprach man auf der Straße an, fand heraus – möglichst ohne ihnen auf die Füße zu treten –, ob sie in die Stichprobe passten, und lotste sie dann ins Studio, wo die Interviewer sie in Empfang nahmen, um sie zu befragen. „Baggern" nannte man das, nur Frischlinge von der Uni sagten „Straßenrekrutierung".

Es klingt einfach, aber Baggern kann nicht jeder. Denn man darf ja nicht irgendjemand Beliebigen mitbringen, die Testperson muss haargenau in die Quote passen: Geschlecht, Alter, Einkommen, verwendete Produkte. Frauen und Männer mit wenigen Blicken einzuschätzen und dann sofort die persönlichen Daten auf der Straße abzufragen, ist nicht leicht. Klar, dass man jede Menge Ablehnung und Verweigerungen hinnehmen muss.

Wenn Frauen als Testpersonen gesucht wurden, war Carlo unschlagbar. Mit geübtem Auge ordnete er die meisten richtig ein und brachte sie dazu, eine Viertelstunde ihrer Zeit oder auch mehr darauf zu verwenden, ihre Meinung zum neuen Haushaltsreiniger oder zur neuen Kaffeemaschine, oder was sonst gerade getestet wurde, abzugeben. Das war eine angenehme Abwechslung zum CATI, die Carlo gern in Kauf nahm. Außerdem wurde Baggern besser bezahlt. Meistens war es ihm aber zu nervig. Nicht seine Sache, bei Hitze oder Regen auf der Zeil zu stehen und Leute anzusprechen.

Für heute hatte Fritz ihn bekniet auszuhelfen, weil sie in Not waren. Der Kunde hatte sein Produkt auf junge beruflich erfolgreiche Frauen zugeschnitten und eine extra große Quote für diese Gruppe angesetzt. Nicht dass solche Frauen auf der Zeil nicht zu finden wären! Nur war es besonders schwer, sie ins Studio zu lotsen. Flotter Gang, Jackett, Handtasche in Laptop-Größe, genau richtig. Aber versuch mal, die zu stoppen und vom Weg abzubringen! Carlo war klar, dass ihn kein leichter Job erwartete. Zwei Mal hatten sie die Feldzeit für die laufende Studie bereits verlängert, jetzt war der Terminplan angeblich ausgereizt. Der Forschungsleiter ließ seine Leute alle paar Stunden nachfragen, die Sommer machte Stress, die Bagger waren frustriert und die Interviewerinnen langweilten sich, weil sie nichts zu tun hatten. So hatte Fritz ihm die Situation geschildert.

Fritz war ein erfahrener Supervisor, es gab nicht viele, die die Arbeit im Studio so geschickt steuern konnten wie er. Auch für den Einsatz hatte er ein Händchen: Geeignete

Interviewer und Bagger einzusetzen, war das A und O für den Erfolg. Eigentlich studierte er Germanistik auf Lehramt, schob die fälligen Prüfungen aber immer wieder vor sich her. In zwei Jahren, wenn er dreißig war, würde er Ernst machen und zügig auf das Examen hinarbeiten, so stellte er sich das vor. Carlo fand diese Lebensplanung nicht schlecht.

Generell war Fritz nicht leicht aus der Ruhe zu bringen, doch bei seinen letzten Anrufen hatte er fast schon verzweifelt geklungen. Heute Abend war also definitiv Feldende angesagt, keine Verlängerung mehr möglich, und es fehlten noch zweiunddreißig Frauen.

Carlo bog in die schmale Seitenstraße ein – alle Studios auf der Zeil lagen auf der Rückseite der belebten Einkaufsstraße, vorne bei den Geschäften waren die Mieten viel zu teuer. Im ersten Haus links, eine Treppe hoch, öffnete er die Tür zu einem hellen, schlauchartigen Raum. Fritz lehnte am Empfangstresen. Als er Carlo sah, riss er die Arme hoch.

„Die Sonne geht auf!"

„Idiot."

Fitz eilte auf ihn zu und schüttelte ihm die Hand.

„Erst mal Kaffee? Wir haben gerade frischen."

Wenn er im CATI telefonierte, lief Fritz wie ein Penner herum. Hier im Studio sah er tipp topp aus: gebügeltes Hemd, fleckenfreie Hose, geputzte Schuhe. Mit seiner Nickelbrille, die er aus Eitelkeit selten trug, und der Narbe auf der Stirn sah er aus wie Harry Potter.

„Kaffee kann ich brauchen", seufzte Carlo. Er füllte einen Plastikbecher aus der Thermoskanne ab und setzte sich zu den drei unbeschäftigten Interviewerinnen. Die zwei Sessel und eine Sitzbank um einen kleinen Tisch herum waren eigentlich für Testpersonen oder deren Begleitung gedacht, wenn sie warten mussten.

Fritz drückte Carlo die Rekrutierungsvorgaben in die Hand: „Lies mal drüber, dir muss ich ja nichts erklären."

Das Telefon schrillte. Fritz eilte zum Empfangstisch, meldete sich, sprach dann im Flüsterton weiter und drehte den anderen den Rücken zu. Die Interviewerinnen beobachteten ihn gespannt. Hektisch fuhr er sich durch sein borstiges Haar, zog sich flüsternd und gestikulierend in die Teeküche zurück, schloss hinter sich die Tür.

„Was ist los?", fragte Carlo.

„Stress mit seinem Freund."

„Das geht schon seit Tagen."

Plötzlich hastete Fritz an ihnen vorbei.

„Lass uns drüber reden!", rief er halblaut mit eindringlicher Stimme und verschwand samt Telefon aus dem Studio.

„Scheint was Ernstes zu sein."

Carlo suchte sich ein Klemmbrett und Stifte, dann machte er sich unter den flapsigen Anfeuerungsrufen der drei Interviewerinnen auf den Weg. Nahe der Apotheke, genau dort, wo man sie aus den Fenstern des Studios nicht sehen konnte, standen, Zigaretten rauchend, die beiden anderen Bagger beieinander. Carlo gesellte sich dazu. Nun rauchten sie zu dritt. Die beiden hatten seit dem Morgen zusammen gerade mal fünf Frauen gefunden, die befragt werden konnten. Aber das war nicht ihr Thema. Sie hatten Fritz davonlaufen sehen und spekulierten nun, wie die

Sache für ihn ausgehen würde. Offensichtlich kannten sie seinen Freund – die Chancen für eine Aussöhnung stünden schlecht, meinten sie. Als es nichts mehr zu bereden gab, teilten sie die Strecke untereinander auf und begaben sich auf die Jagd.

Zuerst klappte gar nichts. Carlo brauchte eine halbe Stunde, bis er endlich eine Zusage erhielt. Dann lief es schleppend weiter, bis er auf einmal kurz hintereinander drei Frauen fand und rekrutierte. Damit waren alle drei Interviewerinnen beschäftigt und Carlo gönnte sich eine Pause. Aus der Teeküche besorgte er sich eine Cola – eigentlich nicht erlaubt, die waren nur für Testpersonen gedacht. Mit der Flasche in der Hand stellte er sich vor den Einwegspiegel, um eine der Befragungen zu beobachten. Der Ton war abgeschaltet, also sah er eine Pantomime. Das Produkt, ein sündhaft teures Shampoo, stand einmal mit und einmal ohne die edle Verpackung auf dem Tisch. Nach dem Interview würde die Frau das Shampoo mit nach Hause nehmen, um es auszuprobieren. Vorausgesetzt, sie war zu einem weiteren Interview bereit, in dem sie später über ihre Erfahrungen berichten würde. Die Frau beantwortete alle Fragen prompt, offensichtlich hatte sie kein Problem damit, sich für das eine oder andere Urteil zu entscheiden. Manche taten sich dabei schwer, überlegten hin und her, als ob ihr Leben davon abhinge. Die Interviewerin beherrschte das Zehn-Finger-System, die Eingabe der Antworten flutschte nur so. Für eine ausgedehnte Pause würde die Zeit also nicht reichen.

„Warum baggerst du nicht?"

Fast wäre Carlo die kurvige kleine Flasche aus der Hand gerutscht. Neben ihm stand Frau Sommer, die Feldleiterin.

Ihre überfallartigen Inspektionen waren gefürchtet. Damit hätte er rechnen müssen.

„Alle Plätze zugebaggert", sagte er schnell.

Missbilligend blickte die Sommer auf die Flasche Cola in seiner Hand, sagte aber nichts, sondern fragte stattdessen:

„Wo ist der Fritz?"

„Fritz. Schnell mal weg. Er müsste jeden Moment wieder hier sein."

„Was ist mit dem Telefon?"

„Telefon? Keine Ahnung." Carlo klemmte sich sein Schreibbrett unter den Arm. „Ich geh dann mal", und weg war er.

Der Nachmittag zog sich elendig in die Länge. Das Baggern verlief zäh, die Fallzahl erhöhte sich allenfalls im Schneckentempo. Fritz war auch noch nicht wieder aufgetaucht. Zu allem Übel sah Carlo gegen halb fünf aus dem Augenwinkel – er war gerade mit einer vielversprechenden Rekrutierung beschäftigt –, wie die Sommer die beiden andern Bagger wegschickte. Na toll! Jetzt stand er hier ganz allein. Die beiden hatten immerhin alle paar Stunden mal Erfolg gehabt, das war doch besser als nichts. Er riss sich zusammen, damit seine Beute ihm nicht entwischte, während er abgelenkt war. Kurz darauf marschierte die Sommer an ihm vorbei, ein Klemmbrettchen unter dem Arm. „Ich nehme die andere Straßenseite", sagte sie knapp.

Carlo begleitete seine eben eroberte Testperson ins Studio, versorgte sie mit Kaffee und komplimentierte sie in einen freien Testraum. Auf dem Weg zurück begegnete ihm die

Sommer. Freundlich plaudernd führte sie eine schicke junge Frau Richtung Studio.

„Anfängerglück“, knurrte Carlo. Aber so war es nicht. Mit vereinten Kräften schafften sie es, unter den Spät-Shopperinnen die noch fehlenden Frauen zu rekrutieren, bevor es richtig dunkel wurde. Fritz war nicht wieder aufgetaucht.

Die Feldleiterin schien gut gelaunt, so dass Carlo die Gelegenheit passend erschien, nach der Barauszahlung seines Honorars zu fragen.

„Ich hatte mit Fritz vereinbart, dass er mir mein Geld heute ausnahmsweise aus der Studiokasse zahlt“, erklärte er.

Die Sommer betrachtete ihn, als wäre er ein seltenes Insekt.

„Wie sollte das gehen?“, fragte sie streng. „Ich kann mir nicht vorstellen, wie der Fritz so was abrechnen will. Die Studiokasse ist für Testpersonengeschenke, höchstens noch für Büromaterial, auf keinen Fall aber für Personalkosten. Was meinst du, was die Buchhaltung dazu sagt? Schreib du mal schön deine Rechnung! Und wenn du Geld brauchst“, fügte sie ungewohnt versöhnlich hinzu, „komm morgen um neun zur Einweisung ins CATI. Wir haben ein neues Banken-Tracking, wahrscheinlich läuft die Studie ein ganzes Jahr, vielleicht sogar länger.“

Carlo wusste, dass es zwecklos war, mit ihr zu argumentieren. Schweren Herzens rief er die Superfrau aus Hannover an, um ihr für heute Abend abzusagen.

„Tut mir Leid für dich Carlo", flötete sie ihm ins Ohr. „Ich wünsch dir trotzdem einen schönen Abend", und legte auf. Eindeutig hatten sich die Umgebungsgeräusche nach voll besetzter Apfelweinkneipe in erstklassiger Stimmung angehört.

„Treuloses Weib!"

# ZUHAUSE

Am nächsten Morgen schlich Carlo im Schlafanzug barfuß durch die Küche und sank auf einen Stuhl. Er war kein Frühaufsteher. Mit müden Augen blickte er durch die weit geöffnete Küchentür in den Garten. Seit dem ersten Schuljahr, seit seine Mutter ihn abgeschoben hatte, lebte er hier bei Oma Luise. In ihrem alten Jugendstilhaus, an einer Seitenstraße in Vilbel, war er aufgewachsen, keine zwei Kilometer von der Frankfurter Stadtgrenze entfernt. Bei Oma Luise zu leben, war alles in allem okay – wenn sie nur nicht so durchsetzungsfähig wäre! Schon am frühen Morgen war sie voll aktiv. Auch heute hatte sie dafür gesorgt, dass er rechtzeitig aufwachte, viel zu früh. Er hatte noch massig Zeit, die Einweisung im CATI begann erst um neun.

Auf dem Küchentisch stand das Frühstück für ihn bereit, Kaffee musste er sich selbst kochen, Oma trank morgens nur Tee. Er gähnte. Dann raffte er sich auf, füllte Wasser in den Kessel und setzte ihn auf den Herd. Jetzt beobachtete er, wie Oma Luise auf die Trittsteine im Rondell stieg, um die welken Rosen an der Spitze des eisernen Klettergerüstes zu kappen. Obwohl sie eine armlange Schere benutzte, musste sie sich gewaltig strecken. Aber sie gab nicht auf, bevor auch die letzte schlaffe Blüte im Korb lag. Unglaublich, wie viel Energie in dieser drahtigen kleinen Person steckte. Das Haus hielt sie ganz allein in Schuss, nur kleine Reparaturen und ab und zu ein paar Wände streichen waren Carlos Aufgaben. Seit seine Oma die Leitung der Sparkasse am Markt wegen ihrer Krankheit aufgeben musste, ackerte sie wie wild in ihrem Garten. Und was für ein Garten!

Als er den Kaffeefilter aus dem Küchenbuffet zog, hinterließ er einen vollen Abdruck seiner Hand auf der geschliffenen Glastür. Mit dem Ärmel seines Schlafanzugs wischte er über die gewellten Ornamente. Oma Luise pflegte diese alten Teile, sie reagierte ziemlich scharf, wenn man schlampig damit umging.

Eine Zigarette könnte ihm jetzt helfen. Doch Oma roch das sofort, und er wollte keinen Ärger. Warum band sie denn jetzt die Rosen hoch? Sah doch gut aus, wenn sie runter hingen. Immer fand sie irgendwas zu werkeln. Sie hatte sich einen Ziergarten aus Gemüse angelegt. Auf die Idee musste man erst mal kommen. Rotkraut und Porree und was sonst noch alles, angepflanzt wie bei einem französischen Schloss. Die Wege hatte sie geschwungen bauen lassen, gerade Linien passten nicht zu ihrem Jugendstilhaus, das behauptete sie jedenfalls. Nur vorne auf dem Rondell, wo sie jetzt herumwerkelte, blühten gelbe Rosen. Auf allen anderen Beeten wuchs Gemüse in runden und ovalen Mustern. An deren Farbkombinationen tüftelte sie ständig herum. Zur Erntezeit verschenkte sie das ganze Zeug. Gerade dann, aber auch sonst kamen jede Menge Leute zu Besuch – Oma war mit der halben Stadt bekannt.

Carlo füllte zwei Handvoll Kaffeebohnen in den Trichter der altmodischen Mühle und begann, die Kurbel zu drehen. Dabei wanderten seine Augen durch den Garten. Die Arbeit mit den Pflanzen hatte Oma Luise zwar geduldiger gemacht, nachsichtiger war sie dadurch allerdings nicht geworden. Was sie sich vorgenommen hatte, setzte sie durch. Carlo war das oft zu viel. Er füllte das Kaffeepulver in den Filter, brühte mit wenig Wasser vor und sog den Duft ein. Langsam wachte er auf. Inzwischen trug Oma Luise, hier und da Unkraut zupfend, ihren Korb zum Kompost hinter der Garage. Wie es weiterging, wusste er genau, er brauchte gar nicht hinzusehen. Den geleerten Korb und die Schere würde sie ordentlich verstauen, die Bewässerung abstellen und dann mit ihrem nächsten morgendlichen Ritual beginnen.

Als der Kaffee durchgefiltert war, lief die extra große *„I Love Majo“*-Tasse über. Carlo schlürfte ein paar Schlucke ab, trug den Kaffee vorsichtig zum Tisch, ohne zu verschütten, ha!, und machte sich über die frischen Brötchen her.

In der Garage zog Oma Luise ihre Handschuhe aus und hängte Schere samt Korb an die dafür vorgesehenen Haken. Sie besaß kein Auto. Am Steuer wäre sie mit ihrer Narkolepsie und den damit verbundenen unberechenbaren Schlafattacken eine Gefahr für die Allgemeinheit gewesen. Somit war die Garage Carlos Reich, hierher zog er sich zurück, wenn er seine Ruhe haben wollte. Für ihre Gartengeräte hatte er Fächer und Haken an die eine Seitenwand montiert, das reichte aus, um alles ordentlich, so wie sie es gerne sah, zu verstauen. In der Mitte wäre reichlich Platz für eine große Limousine gewesen. Stattdessen thronte hier Carlos Werkbank mit Schraubstock und Sägen. In den Regalen, die er auf seiner Seite der Garage anmontiert hatte, herrschte ein wildes Durcheinander: Bleche, Zangen, Meißel und Bohrer lagen herum. Es gab Hämmer in jeder Größe, Schrauben, Nägel und undefinierbare Kleinteile. Angeblich hatte das Chaos System, er fände jedes Werkzeug sofort, behauptete Carlo. Hier verbrachte er viel Zeit, um an seinen Geräten und Maschinen herumzubasteln. Spielereien nannte Oma Luise das, Spielereien, die nichts einbrachten. Neulich hatte er mit seinem fernlenkbaren Mini-Rasenmäher ihren Pflücksalat zerstört. Statt diesen Unsinn zu veranstalten, solle er sich lieber um sein Studium kümmern, wie es seine Mutter von ihm erwartete. Damit lag sie ihm immer in den Ohren.

Beim Gedanken an ihre Tochter hellte sich Omas Miene jedoch immer schlagartig auf. Bald dreißig Jahre lebte Carlos Mutter jetzt als Malerin in Rom. Endlich, im vergangenen Herbst, hatte sich der erhoffte Erfolg eingestellt. Nicht überwältigend, aber doch so, dass sie von ihren Bildern leben konnte und nicht mehr gezwungen war, mit diesem kärglich bezahlten Übersetzen von Gebrauchsanweisungen dazu zu verdienen. Carlos Vater hatte sie nie unterstützt, dieser Filou. Im Gegenteil, seit er sie verlassen hatte, ging es ihrer Tochter besser.

Tatsächlich war Carlo seinem Vater sehr ähnlich, ein hübscher Junge, so schöne Augen. Kein Wunder, dass die Mädchen ihm nachliefen. Luise selbst war ganz vernarrt in ihn gewesen, als er noch klein war, sie hatte sich zwingen müssen, ihn einigermaßen streng zu erziehen. Heute war sie wesentlich strikter mit ihm, soweit sie überhaupt noch Einfluss nehmen konnte. Gar nicht einverstanden war sie beispielsweise mit seinem häufigen Jobben. Er nahm viel zu viele Interviewer-Jobs an, um damit seine Vergnügungen zu finanzieren. Für den Zeitvertreib bekam er deshalb von ihr auch keinen Pfennig mehr. Sie würde seine ererbte Leichtlebigkeit nicht noch unterstützen! Partys, Heavy-Metal-Konzerte, ständig neue

Freundinnen, das kostete Geld. Ein Psychologe würde bestimmt die Verbindung ziehen zwischen Carlos Verschleiß an Frauen und seiner fixen Idee, von der Mutter verlassen worden zu sein. Dabei hatte ihre Tochter nur das Beste für ihn gewollt, als sie ihn aus dem ungeordneten und klammen Künstlerhaushalt herausnahm und zu ihr nach Vilbel schickte, wo er liebevoll aufgenommen wurde und in geordneten Verhältnissen aufwuchs. Seine Mutter glaubte, sie hätte alles richtig gemacht mit dieser Trennung, die ihr selbst unglaublich schwergefallen war. Carlo hingegen fühlte sich zurückgewiesen und nahm ihr das bis heute übel. Sein angeknackstes Selbstwertgefühl besserte er wahrscheinlich genau deshalb mit Hilfe seiner vielen Freundinnen auf.

Inzwischen zeigte sich leider auch mehr und mehr, dass er genauso leichtlebig war wie sein Vater. Ein charmanter Taugenichts, ja, das war er! Ob sie ihn gerade deswegen so in ihr Herz geschlossen hatte? Doch selbst die größte Liebe konnte nicht darüber hinwegtäuschen, dass er alles schleifen ließ: Sein Studium zog sich hin. Nach zwölf Semestern Betriebswirtschaft überlegte er allen Ernstes, Maschinenbau zu studieren. Das kam überhaupt nicht in Frage! Zuerst ein Abschluss, dann würde man sehen. Wo kämen sie denn da hin, einfach sechs Jahre Studium hinzuwerfen. All die Mühen, die Arbeit … wertlos. Nur Carlo wollte das nicht verstehen. Er war allzu sorglos. Natürlich bastelte er gerne an seinen Motoren herum, aber ob das für ein Studium reichte? Handwerklich war er begabt, das musste man ihm lassen. Die unterirdische Bewässerung, die er im letzten Jahr für sie im Garten verlegt hatte, funktionierte wunderbar und war ein Segen in diesem trockenen Sommer.

Auf dem Weg zu der weiß gestrichenen Gartenbank, wo sie die Zeitung lesen und ein Nickerchen halten würde, drehte sie den Wasserhahn zu, dann gönnte sie sich einen langen Blick über ihre mit Buchs gerahmten Beete. Schon bei Sonnenaufgang hatte sie vom Balkon heruntergeschaut, um sich an der Komposition ihrer Pflanzen zu erfreuen. Von dort oben wirkte ihr Garten wie ein besticktes Tuch. So sollte es sein! Nur das Mangoldbeet war ihr etwas zu eintönig geraten, nächstes Jahr würde sie ein helles Medaillon in der Mitte vorsehen, vielleicht aus weißem Kohlrabi? Oder aus Salat? Jeden Tag freute sie sich auf ihren Garten. Beim Graben und Pflanzen ordneten sich ihre Gedanken wie von selbst. Und bei schweißtreibender Gartenarbeit fiel es ihr leicht, das Wesentliche von dem nur scheinbar Wichtigen zu trennen.

Carlo wartete, fertig angezogen, um zur Arbeit zu gehen, neben der weißen Gartenbank auf sie. In der einen Hand hielt er ein Glas Wasser, in der anderen ihr Pillentablett. Wie immer war er darauf bedacht, dass sie ihre Medizin nicht vergaß. Sie bedankte sich und griff nach der Zeitung, die sie frühmorgens dort bereitgelegt hatte.

„Du bist spät dran“, sagte sie.

„Bin schon weg.“

Sie hörte ihn die Treppe bis zum Dachgeschoss hochlaufen. „Aha, Portemonnaie vergessen oder Handy“, dachte sie und schüttelte mit leichtem Unverständnis aber lächelnd den Kopf. Polternd stürmte Carlo die Treppen wieder herunter, dann fiel die Haustür ins Schloss.

# IM KELLER

Mist, Mist, Mist! Ausgerechnet heute musste die S-Bahn in „*Frankfurter Berg*“ warten, bis ein verspäteter Fernzug vorbei fahren würde. Carlo hypnotisierte die Uhr über den Gleisen. Auf keinen Fall wollte er die Einweisung für die neue Bankenstudie verpassen. Bei einer Tracking-Studie, wie die Feldleiterin gestern gesagt hatte, waren jede Menge Befragungswellen geplant. Es ging um „Kundenzufriedenheit“, das hatte er gestern Abend noch herausgefunden. Im Abstand von ein paar Wochen folgte eine Welle auf die andere. Wenn man eingewiesen war, hatte man Jobs für Monate in Aussicht.

Endlich im Frankfurter Hauptbahnhof angekommen, sprintete Carlo vom Vorplatz los, hastete vorbei an dunklen Anzügen und kurzen Röcken. Ein Tsunami von „pass doch auf“, „unverschämt“, „rücksichtslos“ folgte ihm. Es half nichts. Trotz all seiner Bemühungen kam er zu spät zur Einweisung ins CATI. Geräuschlos eilte er über den schallschluckenden Teppich zum Ende des Saals, wo die Telefonplätze weggeräumt und stattdessen Klappstühle aufgestellt worden waren. Im Halbkreis hockten die Interviewer vor einem langen Tisch, hinter dem die Akteure der Vorstellung auf Drehsesseln Platz genommen hatten. Carlo glitt auf den letzten freien Stuhl in der hintersten Reihe. Obwohl er den Plastiksitz langsam bewegte, quietschte er, als er ihn runterklappte. Von links und rechts wandten ihm die Interviewer ihre Köpfe zu. Auch die zwei Unbekannten vorne am Tisch sahen ihn kurz an. Beide mit Weste und Einstecktuch wie aus dem Ei gepellt, das mussten die Banker-Kunden sein.

Der eine studierte gleich darauf wieder die Deckenverkleidung, als ob er prüfen wollte, ob die Geräuschdämmung im Saal für die hundert vorhandenen Telefonplätze ausreichte. Der andere folgte mit finsterem Lächeln dem Vortrag der Abteilungsleiterin, Frau Doktor Berenz, die jetzt aufstand, um die Seiten des Flipcharts nach und nach umzuwenden. Heute sah sie mal wieder aus wie das Heimchen am Herd. Ihr geblümtes Kleid spannte über Po und Schenkel, dazu diese orthopädischen Schuhe! Eigentlich war sie ganz attraktiv – bis zur Taille. Aber dann: der ausladende Hintern und die schrecklichen Beine. Bei OM-Research ging das Gerücht um, dass sie mit dem stellvertretenden Chef, Hajo Eckerth, liiert wäre. Diese Kuh leitete die größte Abteilung im Haus, war nicht nur promoviert, sondern angeblich auch superklug. Die Interviewer mochten sie wegen ihrer lockeren Sprüche: „Schon wieder überarbeitet vom Nichtstun? Noch so eine Korinthe produziert?", in dem Stil. Jetzt schilderte sie ernsthaft und trocken den Hintergrund des Projekts, Carlo hatte nichts Wichtiges verpasst.

Links neben den beiden Kunden fummelte Gero Isenbach, der zuständige Forschungsleiter, an seinem Notebook herum. Im dunklen Anzug und mit korrekt gebundener Krawatte erkannte man ihn kaum wieder. Sonst lief er nur in verwaschenen Jeans und Polohemd herum. Frau Sommer, die Feldleiterin, feierlich in Blau mit weißer Bluse, tat so, als hätte sie Carlo nicht gesehen. Schön wär's! Unauffällig ließ er seine Blicke weiter wandern. Hier waren mindestens dreißig bis vierzig Interviewer versammelt. Die Fraktion der *Kizlar* – so heißen Mädchen auf Türkisch, das hatten sie ihm beigebracht – saß wie immer mit ihren Kopftüchern dicht beieinander. Dahinter die äthiopischen Schönlinge, die im CATI manchmal die Supervisor gaben, wenn Otto allzu überlastet war. Ganz vorne die Zwillinge mit ihren langen blonden Haaren, und verstreut zwischen Spaniern und Kroaten ein paar weitere Deutsche. Alles gut gemischt. Sogar Frieda, die liebenswerte Seniorin, und noch zwei Frauen von den Ü-Sechzigern waren dabei. Das war Ottos Vorzeige-Einsatz: Alle sahen anständig aus, keine löchrigen Jeans, keine schweinisch bedruckten T-Shirts. Die verwegensten Frisuren und die wildesten Nasen- und Lippenstecker waren heute nicht dabei, Fettbomben und schräge Typen außen vor.

Der eine Kunde bedankte sich und wiederholte mit eignen Worten noch einmal, was die Abteilungsleiterin gerade gesagt hatte. Und dann fragte doch tatsächlich der andere, ob die Interviewer so geschult wären, dass die Interviews wirklich alle vergleichbar sein würden.

Auf dieses Stichwort hatte die Feldleiterin nur gewartet. Zackig knallte sie ihnen die Interviewerregeln um die Ohren. Wer sie reden hörte, verstand sofort, warum sie ihr den Spitznamen „Seargent“ verpasst hatten. Die Interviewer kannten den Käse natürlich auswendig: immer wörtlich vorlesen, auf keinen Fall leiern, natürliche Betonung, immer klarstellen, immer nachfragen, nie suggestiv fragen und so weiter und so weiter. Alles korrekt und methodisch einwandfrei. Selbstverständlich sei die ganze Truppe im Umgang mit Bankkunden geschult und erfahren, versicherte sie. Ein Witz – wer hier arbeitete, konnte den Bankenstudien überhaupt nicht entgehen.

Als schon alle mit den Füßen scharrten, ergriff der erste Kunde noch einmal für eine längere Rede das Wort.

Carlo fragte sich, wie oft sie das heute noch hören sollten: „… dass Sie die spontanen Antworten erfassen, und alles, wirklich alles, was zu den offenen Fragen gesagt wird, wörtlich eingeben ... “, bla, bla, bla.

Endlich! Alle standen auf und verteilten sich im Saal. Carlo schnupperte. Zwei Interviewerinnen schleppten Kaffeekannen und eine Platte mit belegten Brötchen an ihm vorbei zum Beobachtungsraum, wohin die Kunden gerade komplimentiert wurden. An der Tür passte die Feldleiterin ihn ab.

„Was hast du dir dabei gedacht, hier so spät hereinzuplatzen?“, zischte sie. Ihre Augen bohrten sich in sein Gesicht. „Weißt du, wie peinlich das ist, vor den Kunden? Das war's für dich. Du kannst gehen. Räum dein Fach aus und gib den Schlüssel bei Otto ab.“ Mit erhobener Hand blockierte sie Carlos Einwände. „Es gibt keine Entschuldigung dafür. So was lasse ich mir nicht bieten, das wäre ja noch schöner! Wo kämen wir denn da hin?“

Carlo war gefeuert.

Die kann mich mal, dachte er, die ist doch übergeschnappt! Absichtlich langsam spazierte er an den gelben Plexiglaswänden, die die Telefontische umgaben, vorbei. Er war schon öfter zu spät gekommen. Meist hatte sie ihn runtergeputzt, manchmal nach Hause geschickt, je nachdem wie sie drauf war, aber entlassen wegen der paar Minuten?

Im Pausenraum war keiner. Carlo gab dem Müllsack einen Tritt. Trotz Verbot zündete er sich eine Zigarette an. Schon der erste Zug legte sich beruhigend auf seine Magennerven. Er ließ sich auf einen Stuhl sinken, kreuzte die Füße auf dem Tisch und blies den Rauch Richtung Decke.

Was jetzt? Er war knapp bei Kasse.

„Hi, Carlo!“

Die eine von den bildhübschen Zwillingen segelte herein. Die beiden auseinanderzuhalten, hatte er aufgegeben. Carlo stand auf. Küsschen links, Küsschen rechts.

„Lass mich mal ziehen.“

„Schadet aber der Haut.“ Er sah sie voll Bewunderung an.

„Blödsinn! Hat Sergeant Sommer dich nach Hause geschickt?“

„Gefeuert.“

„Die reagiert immer gleich hysterisch, wenn Kunden da sind.“

Sie inhalierte und hob fragend die halb gerauchte Zigarette.

„Kannst du haben.“

„Was machst du jetzt?“

„Keine Ahnung. Muss was Neues finden, ich brauche Geld.“

„Probier’s doch mal bei der Padberg im Keller. Die sucht immer jemanden zum Kistenpacken. Sie soll ganz gute Stundensätze zahlen.“

„Die hat doch ihre feste Mannschaft und nimmt keine Neuen.“

„Versuch’s einfach mal. Sobald Gras über die Sache gewachsen ist, kommst du zu uns zurück. Die Alte wird sich schon wieder beruhigen.“

„Weißt du, ob zwischen der Sommer und der Buchhalterin in der letzten Zeit was gelaufen ist?“, fragte Carlo.

„Die, die ermordet worden sein soll? Meinst du, die Sommer hat da nachgeholfen?“

„War nur so ‘ne Idee.“

„Das wärs: Die Sommer in Handschellen abgeführt!“

Sie drückte die Kippe im Geschirrbecken aus und warf sie in den Müllsack.

„Ich muss wieder rein. Otto ist nervös, es läuft schleppend an.“

Zum Erdgeschoss nahm Carlo den Fahrstuhl. Bis in den Keller fuhr nur der Express, der war für Interviewer und sonstige Underdogs tabu. Für das letzte Stockwerk musste er deshalb die Treppe benutzen. Die bestand hier nicht wie in den oberen Stockwerken aus poliertem Porphyr, sondern aus rauem Beton. An den sparsam geweißten Wänden schimmerten die Bausteine durch. Er spürte einen leichten Zug, die Luft roch kalkig. Ein Endlospfeil in den OM-Farben grau-weiß-rot führte ihn durch die Gänge zu einer geräumigen Halle. Sie wirkte wie eine Höhle, im Hintergrund brannte nur ein einziges Licht. Auf der rechten Seite hing ein riesiger Plan mit bunten Steckkarten an der Wand. Daneben ein Regal mit stapelweise Faltkartons und jeder Menge Luftpolsterfolie. Gegenüber aufgereiht, drei Hochleistungsdrucker mit langen Packtischen davor – alles ordentlich aufgeräumt, und kein Mensch zu sehen.

An der Rückseite führte ein unbeleuchteter Gang tiefer in den Keller hinein. Carlo marschierte an unterschiedlich breiten Türen vorbei. Er las *„Freezer“*, *„Lager C“* und *„AL Padberg“*.

Wie bei OM-Research üblich, öffnete er, ohne zu klopfen, die Tür. Die Padberg stand hinter ihrem Schreibtisch und telefonierte. Sie sah aus wie die mittelalte Liz Taylor, nur dicker und größer. Sie wies auf den Stuhl vor ihrem Schreibtisch, Carlo setzte sich.

„Die Rechnung ist falsch!“, ihre Stimme klang gereizt. „Wir haben mit Ihnen einen Wartungsvertrag.“

Carlo hatte Zeit, sich umzusehen. Hier gab es keine Billigmöbel. Jeder Stuhl war gepolstert, hatte Armlehnen und Kopfstütze. Vor einem besonders bequem wirkenden schwarzledernen Sessel stand ein dazu passender Hocker für die Füße. Die gefaltete Wolldecke darauf sah edel aus.

Die Padberg setzte sich, klemmte den Telefonhörer mit der Schulter ans Ohr und hob einen der bunten Achatwürfel hoch, die als Briefbeschwerer die diversen Papierberge auf ihrem Schreibtisch zusammenhielten. Treffsicher zog sie die gesuchte Rechnung aus einem der Stapel heraus, legte sie obenauf und diskutierte mit ihrem Gesprächspartner jeden einzelnen Betrag. Keinen Einwand ließ sie gelten. Dabei hielt sie den Achatstein in der Hand und untermauerte ihre Argumente mit kurzen festen Schlägen auf das Papier. Die scharfen Kanten des grün, blau und gelb gemaserten Steins hinterließen auf der Rechnung tiefe Spuren. Schließlich spitzte die Diskussion sich zu: „Sie sorgen mir dafür, dass diese Rechnung korrigiert wird, umgehend!“, schrie sie ins Telefon und knallte den Hörer auf den Apparat. Einen Moment sah sie Carlo ausdruckslos an.

„Du willst die Konzepte für den Preistest abholen?“, fragte sie dann, noch immer gereizt.

„Ich wollte mich erkundigen, ob Sie …“ Carlo brach ab. Frau Padberg bot ihm plötzlich ein vertrautes Schauspiel: Wie eine Marionette, der man mit einem Mal die Fäden durchtrennt hat, sank sie auf ihrem Stuhl zusammen und schlief ein.

Im Regal entdeckte Carlo ein kleines Kissen, das schob er ihr vorsichtig hinter den Kopf, er nahm die Decke vom Hocker und legte sie über ihre Knie. Dann goss er ein Glas Wasser für sie ein und setzte sich wieder ihr gegenüber auf den Stuhl. Wenige Minuten später wachte sie auf, lächelte ihn an. Sie wirkte erfrischt.

„Narkolepsie“, sagte Carlo.

„Medizinstudent?“, fragte sie.

„Meine Oma hat Narkolepsie. Sie meint, im Alter wird es besser.“

„Du machst mir Hoffnung.“

Die Padberg hob das Glas und trank es aus.

„Deine Betreuung ist perfekt. Was unternimmt denn deine Oma gegen die Attacken?“

„Medikamente schlucken und in regelmäßigen Abständen ein Nickerchen halten.“

„Genau wie ich. Aber jetzt zu dir.“

Carlo stellte sich vor.

„Du bist der Interviewer, der unsere Buchhalterin auf der Treppe gefunden hat?“

Carlo nickte. „Sie suchen Leute zum Kistenpacken, habe ich gehört?“

„Du kannst mich ruhig duzen, hier unten nennen mich alle nur Anne. Hast du schon mal bei Produkttests mitgemacht?“

„Gebaggert."

„Dann kennst du dich ja aus. Kannst du gleich loslegen?"

„Klar."

Sie stand auf. „Nimm den Laptop dort drüben und komm mit."

Im Gang, der von der Halle tiefer in den Keller führte, schaltete Anne das Licht ein. Sie öffnete das Hängeschloss an der Tür zu *„Lager K1"* und schob den Riegel zurück. Der Raum roch nach Schokolade. Die Regalwände waren mit unterschiedlich großen Paketen vollgestopft. In der Mitte türmten sich vierzig bis fünfzig Kisten übereinander.

„Eine Pilotstudie, kleine Fallzahl, gut zum Üben", sagte Anne Padberg. „Geheimhaltungsvereinbarung hast du unterschrieben?"

Carlo nickte. „Da ist die Sommer ständig hinterher."

Anne zeigte auf die Kisten. „Das hier sind Schokoriegel. Laut Hersteller in neuer Konsistenz und mit überraschenden Geschmacksrichtungen. Die sind noch nicht auf dem Markt. Wir schicken sie zum Testen in die Studios. Vorher werden sie gezählt, nach Varietäten sortiert und auf mehrere Locations mit unterschiedlichen Fallzahlen verteilt. Alles klar?"

„Kein Problem. Mit Varietäten meinst du die Sorten?"

„So ist es. Und komm bloß nicht auf die Idee zu naschen!" Sie wies mit dem Zeigefinger auf ihn. „Ein Riegel fehlt, und du bist tot. Für Hungrige steht dort hinten ein Karton. Ja genau, wo *‚Supervisor-Futter'* draufsteht. Davon kannst du essen bis dir schlecht wird."

Sie nahm Carlo den Laptop ab. „Ich zeige dir jetzt, wo die Vorgaben gespeichert sind. Siehst du, hier unter der

Projektnummer findest du die Quoten: sogar schon ausgerechnet, wie viel von jeder Varietät in die Studios gehen soll. Sind nicht so viele Studios, lass mal sehen: Hamburg, Leipzig, Frankfurt, Stuttgart, München, also nur fünf. Du musst die Lieferung entsprechend aufteilen. Wenn irgendwas von den Vorgaben abweicht, sag mir sofort Bescheid. Du hast zwei Stunden, dann zeige ich dir, wie gepackt wird. Also leg los! Ich bestelle den Kurier." Sie wandte sich um, zog ein langes dünnes Messer aus dem Regal. „Zum Aufschlitzen der Kartons", sagte sie. „Aber pass auf, das Messer ist verdammt scharf."

# PARKFRIEDHOF

Hin und wieder scheint sich das Wetter nach der Stimmung der Menschen zu richten und nicht umgekehrt. Am Tag, an dem Sonja Wessing beerdigt werden sollte, regnete es seit dem frühen Morgen. Carlo zog seine Kapuze tiefer in die Stirn, eine Windböe hatte ihm kalte Tropfen ins Gesicht geweht. Eigentlich war der Parkfriedhof ein freundlicher Ort, ohne düstere Grabmäler und dunkle Alleen. An sonnigen Tagen, wenn Carlo für Oma Luise die Tagetes auf Opas Grab goss, wirkte die Umgebung fast heiter, der Taunus schien nahe. Heute waren die Berge hinter den Wolken verschwunden, alles grau in grau. Angemessen trostlos für Sonjas Begräbnis.

Auf dem Weg vom Parkplatz zur Friedhofshalle duckten sich die Trauergäste unter ihre Schirme. Sonja hatte eine Menge Freunde und Bekannte gehabt. Auch die halbe Belegschaft von OM-Research versammelte sich unter der Kuppel in der Trauerhalle.

In der Schlange vor dem Kondolenzbuch reihte Carlo sich hinter zwei jungen Frauen ein, beide mit identischer Betonfrisur, trotz Regen unversehrt. Hoffentlich beeilten sich die beiden. Der aufdringlich süße Duft der weißen Lilien neben dem Schreibpult war kaum zu ertragen.

Als sie endlich weiterrückten, blieben sie gleich wieder vor den aufgestellten Kränzen stehen und versperrten den Weg.

„Schlimm, die einzige Schwester so zu verlieren“, sagte die eine halblaut. „Die beiden waren so.“ Sie zeigte zwei gekreuzte Finger, um zu unterstreichen, wie eng das Verhältnis zwischen Sonja und ihrer Schwester gewesen war.

„Jetzt hat sie nur noch die alte Tante."

„Bestimmt verkauft sie demnächst das große Haus, die Sonja wollte das ja nicht."

„Dann macht sie ihren eigenen Salon auf, und wir schaffen bei ihr!"

„Pscht. Doch nicht jetzt über so was reden!"

Carlo schlängelte sich an den beiden vorbei. In der Aussegnungshalle waren alle Stühle besetzt. Er schob sich mit den anderen, die keinen Platz fanden, an der Seite entlang.

In die erste Reihe traute sich niemand hinein. Zwei Frauen, wohl die Schwester und die Tante, saßen alleine vor dem Sarg und Sonjas meterhohem Foto. Die Tante wirkte uralt. Steif aufgerichtet saß sie auf ihrem Stuhl, die Hände im Schoß gefaltet. Unkontrolliert wippte ihr kleiner Vogelkopf auf dem mageren Hals. Die Schwester betupfte sich immer wieder mit einem zerknüllten Taschentuch das Gesicht. Sie schien genauso zierlich zu sein wie Sonja. Allein ihr feuerrotes Haar stach in der trüben Versammlung heraus wie ein Werbeplakat für Friseure.

Unvermittelt übertönte Musik das Gemurmel der Gäste und das Scharren der Füße. Oh Mann! Dieser Schmachtfetzen von Andrea Bocelli, als ob Oma Luise die Musik ausgewählt hätte. Der Pfarrer trat aus einer Seitentür und schritt feierlich zum Sarg. Während er wartete, dass der Gesang aus den Lautsprechern zu Ende ging, blickte er mit gerunzelter Stirn über die Köpfe der Leute vor sich. Erst als Stille eingetreten war, niemand mehr hustete oder die Nase schnäuzte, begann er mit seiner Rede. Carlo sah sich um. Ziemlich weit vorne entdeckte er die beiden Frauen aus der Buchhaltung – bestimmt hatten ihn die zwei bei der Polizei angeschwärzt, wer sonst? Blöde Puten. Die Chefsekretärin, die zwischen ihnen saß, wischte sich die Tränen von den Wangen. Bei ihr hatte die Musik voll gewirkt. Otto und die Feldleiterin saßen eine Reihe weiter hinten, beide tränenlos. Auf der anderen Seite der Stuhlreihen entdeckte Carlo unter denen, die keinen Platz mehr gefunden hatten, Lukas, seinen alten Kumpel aus der Schulzeit. Den Typ hatte er lange nicht gesehen. Er war ein Computerfreak, ein echtes Nerd-Genie. In null Komma nichts hatte er sein Examen in der Tasche und einen Job im IT-Bereich von OM-Research. Anfangs waren sie öfter mal einen trinken gegangen, doch dann hatte Lukas nur noch Stress. Sogar nachts arbeitete er in seinem Büro, das arme Schwein.

Die meisten Angestellten von OM-Research kannte Carlo nur vom Sehen. Den Geschäftsführer, der das Unglück in den Alpen überlebt hatte, konnte er nirgends entdecken. Fast hätte er die Abteilungsleiterin, Dr. Berenz, nicht erkannt, heute trug sie einen Hut. Sah aus wie aus den Zwanzigerjahren des vorigen Jahrhunderts. Gero Isenbach, der Forschungsleiter, der für die Bankenstudie zuständig war, schob sich erst durch die Tür, als der Pfarrer seine Ansprache beendet hatte und Andrea Bocelli wieder dran war.

Vier Kirchendiener in schwarzen Talaren rollten den Sarg nach draußen. Die Trauergemeinde formierte sich zu einem Zug, der bis zu dem Gewann, in dem Sonjas Grab ausgehoben war, reichte. Unvermindert prasselte der Regen auf sie herunter, Windböen fuhren in die Schirme. Carlo folgte dicht hinter den beiden Buchhalterinnen. Die Frauen sprachen ziemlich laut, um die Entfernung zwischen den Schirmen zu überbrücken.

„Meinst du, sie haben schon einen in Verdacht?", fragte die mit den langen Haaren.

„Nichts gehört", sagte die andere, die immer in schwarzen Klamotten herumlief, heute fiel sie damit gar nicht auf.

„Woran die wohl gemerkt haben, dass jemand die Sonja gestoßen hat?", fragte die erste.

„Heute können die doch alles nachweisen."

„Hoffentlich war es keiner von uns."

„Wenn, dann war es einer von den Interviewern. Manche sind doch absolut schräg. Vielleicht war einer bekifft."

„Ich will ja nichts sagen", die Langhaarige dämpfte ihre Stimme, Carlo verstand sie kaum. „Sonja war stolz, eingebildet, besser gesagt. Manche Männer vertragen das schlecht, wenn sie so einfach für einen anderen abserviert werden."

„Was machen denn die zwei?", rief die Schwarze und blieb stehen. Carlo konnte gerade noch stoppen.

Abseits des Hauptweges drängte Lukas, sein alter Kumpel, einen Mann hinter die Eichenbüsche. Das war doch Gero Isenbach! Lukas schob ihn vor sich her, als ob er eine Schlägerei anfangen wollte. Lukas? Der war doch kein Schläger. Was fiel dem denn ein? Carlo beeilte sich, näher heranzukommen. Was die beiden sich zuzischten, hörte er nicht auf die Entfernung.

Aufgebracht schüttelte Isenbach Lukas' Fäuste ab und hetzte quer über das nasse Gras zurück zum Tor. Lukas folgte ihm ein Stück, kehrte dann um, blieb hinter den Büschen stehen und versuchte, sich eine Zigarette anzuzünden. Seine Hände zitterten. Carlo gab ihm Feuer.

„Danke, Mann. Lange nicht gesehen."

„Was war denn los?"

„Dieser Scheißkerl … ach, vergiss es."

Der Regen verstärkte sich zu einem Guss.

„Lass uns abhauen", rief Carlo. „Los, komm, zum Schlappe!"

Lukas warf seine durchnässte Zigarette ins Gras und rannte ohne ein Wort neben Carlo her. Kurz blieben sie unter dem Glasdach der Bushaltestelle stehen, weil Lukas total außer Atem war, dann liefen sie quer über die Straße. Etwa fünfzig Meter weiter riss Carlo die Tür zu einer winzigen Kneipe auf, *„Beim Schlappe"* fielen sie fast über die Theke. Der Wirt, ein moppeliger Typ mit Kartoffelgesicht, schien nicht erfreut über seine nassen Gäste. Pflichtschuldig schimpfte er über das Sauwetter, drehte sein Buch mit den aufgeklappten Seiten nach unten auf den Tresen und bewegte sich in ihre Richtung. Sie waren seine einzigen Gäste.

„Was kann ich euch Gutes tun?", brummte er.

Lukas bestellte Cola und zwei Schnäpse, dann noch einen und noch einen. Carlo beließ es bei dem ersten. Es dauerte eine Weile, bis Lukas wieder ruhig atmete. Wortlos prosteten sie sich zu. Der Wirt widmete sich wieder seinem Buch.

Eine ganze Weile saßen sie stumm nebeneinander, den Blick auf die Wand hinter der Theke gerichtet, wo vor dem verspiegelten Sockel die Spirituosen aufgereiht standen. Lukas hatte nie viel geredet, nur wenn es um sein Fachgebiet ging, taute er auf. Wenn er ein neues Computerprogramm erklären wollte, da biss er sich fest, über so etwas konnte er ohne Ende schwadronieren.

Carlo beobachtete seinen alten Kumpel zwischen den Flaschen im Spiegel. Lukas brütete vor sich hin. Verändert hatte er sich schon: Nicht mehr ganz so das Milchgesicht, sah aber immer noch aus wie unter zwanzig. Er war dünner. Seine Haare trug er jetzt kurz. Das schwarze Sakko und sein weißes Hemd wirkten erstaunlich konventionell, wohl wegen der Beerdigung. Sonst war er immer exzentrisch nach der neuesten Mode gekleidet. Kapuzen-Sweatshirts und Baggy Jeans waren nie sein Ding gewesen.
Obwohl Carlo darauf brannte zu erfahren, warum Lukas sich mit Gero Isenbach schlagen wollte, bohrte er nicht nach. Lukas war cholerisch, manchmal genügte ein Wort, das ihm nicht passte, und er rastete aus. Nach dem dritten Schnaps hatte er sich aber anscheinend wieder im Griff.

„Telefonierst du immer noch bei uns im CATI?“, fragte er.

„Manchmal ... Warum sieht man dich nicht mehr?“

„Mit denen hab ich schon ewig nichts mehr zu tun.“

„Was machst du jetzt?“

„Neue Methoden. Programmieren.“

„Hört sich gut an.“

„Ist es auch. Kanntest du Sonja gut?“, fragte er und warf Carlo einen lauernden Blick zu. Dabei sah er wie ein eifersüchtiger Liebhaber aus. Konnte das sein?

„Hab hin und wieder Rechnungen nach oben gebracht“, erwiderte Carlo vorsichtig.

„Warum bist du dann hier?“

„Auf der Beerdigung? Ich hab sie gefunden."
„Du warst das?" Lukas sah ihn lange prüfend an.
Du überlegst wohl auch, ob ich sie gestoßen habe, dachte Carlo, sagte aber nichts, sondern widmete sich seiner Cola.
Als ihm das Schweigen zu unbehaglich wurde, fragte er: „Und du? Hattest du viel mit ihr zu tun?"
„Wir waren zusammen."
„Sag bloß", entfuhr es Carlo. „Tut mir echt leid, Alter. Das wusste ich nicht."
„Bis letzten Juni. Beim Betriebsausflug hat sich das Schwein an sie rangemacht."
Keine Frage, wer das Schwein war.
„Ich kann diesen Sozialisierungskäse nicht ab. Bin auf den verdammten Ausflug nicht mit. Das Schwein hat sie eingewickelt: Express-Aufzug, Porsche, angesagte Clubs – davon hat sie wohl geträumt. Von da ab hat sie mich mit dem Hintern nicht mehr angeguckt. Als ob nie was gewesen wäre zwischen uns."
„Deswegen bist du auf ihn los."
„Nee. Das nicht."
„Warum dann?"
„Der Saukerl!", Lukas schüttelte den Kopf. „Ich weiß, was er gemacht hat."
Na was wohl? Er hat sie dir ausgespannt, dachte Carlo.
„Spielt sich zum großen Helden auf, weil er seiner Chefin den Arsch gerettet hat beim Kunden."
Carlo stand im Wald.
„Alles inszeniert! Ich hab sie gesehen, nachts im Turm. Er hat sie angestiftet, er hat sie benutzt."
Lukas hatte wohl zu schnell getrunken, was redete der da nur für ein wirres Zeug!

„Wenn Sonja umgebracht wurde, dann war es der Isenbach“, sagte Lukas hitzig.

Liebeskummer, gekränkte Eitelkeit, Carlo enthielt sich eines Kommentars.

Lukas sah auf seine Uhr. „Mann, ich muss los! – Zahlen!“, rief er.

Carlo zog sein Portemonnaie.

„Lass stecken, Mann. Ich mach das.“ Lukas winkte großzügig ab.

Während der Wirt das Wechselgeld für ihn zusammensuchte, fischte er einen Busfahrplan aus seinem Jackett. „In zwei Minuten. Passt ja.“

Den Plan stopfte er zusammen mit dem Wechselgeld in seine Jackentasche zurück. Er schlug Carlo zum Abschied auf die Schulter, griff sich das Portemonnaie und schoss davon. Auf halbem Weg zur Haltestelle überholte ihn der Bus. Der Fahrer war zum Glück einer von der anständigen Sorte, er wartete auf ihn.

Carlo trank seine Cola aus, dann griff er nach seinem Portemonnaie. „Mist!“, es war das von Lukas, aber der Bus war längst weitergefahren.

# PRÄSENTATION

Gero Isenbachs Hände zitterten kaum merklich, als er den Regler des Beamers um ein paar Millimeter verschob. Längst strahlte das OM-Research-Logo gestochen scharf von der Wand. Im Konferenzsaal des Kunden brannten die Lampen hell, draußen ging ein Gewitter nieder, das den Raum merklich verdunkelte. Die meisten der mit braunem Leder bespannten Stühle waren besetzt. Männer und Frauen unterhielten sich gedämpft, alle dezent gekleidet, kein bunter Vogel war zu sehen.

Heute, bei seinem zweiten Besuch in Hamburg, war ihm der Saal schon vertraut, was allerdings nichts daran änderte, dass er immer noch beeindruckt war. So elegant sah in Frankfurt ihr bester Besucherraum nicht aus: holzgetäfelte Wände mit den Porträts der betrieblichen Ahnen, in der Mitte ein riesiger Mahagoni-Tisch, umgeben von massiven Stühlen. In diesem Rahmen fühlte er sich wohl, hier gehörte er hin, das wusste er.

Gleich würde er zum ersten Mal gemeinsam mit seiner Chefin vortragen. Jetzt kam sie an ihm nicht mehr vorbei – ein wichtiges Ziel auf seiner Karriereleiter hatte er erreicht, das musste sie ihm zugestehen. Als er für sie eingesprungen war, hatte er gezeigt, wie gut er sein Fach beherrschte. Der Kunde war zufrieden gewesen, und die Berenz war dankbar. Natürlich wusste sie nicht, was er mit Sonjas Hilfe arrangiert hatte, um sie zu spät zu ihrer eigenen Präsentation kommen zu lassen. Das würde sie auch nie erfahren.

Manchmal hatte er das Gefühl, dass sie ihm aus dem Weg ging. Sie dachte wohl darüber nach, wie sie ihn wieder zurück in seine alte Wasserträgerposition drängen könnte. Doch er würde hartnäckig bleiben und sich durchsetzen, das stand fest.

Die Berenz gehörte zu den Abteilungsleitern, die jungen Forschern keine Chancen ließen. Er durfte die Arbeit machen, sie präsentierte die Ergebnisse und heimste die Lorbeeren ein. Die wirklich wichtigen Kontakte reservierte sie für sich allein. Wie sollte man sich da profilieren? Hier musste man sich selbst helfen! Zugegeben, der Weg, den er gewählt hatte, war link, und ohne Sonjas Unterstützung hätte er es wohl nicht geschafft, aber es hatte großartig funktioniert.

Ungern dachte er daran, wie er Sonja für seine Zwecke eingesetzt hatte. Nein, er hatte sie nicht wirklich manipuliert. Natürlich hatte er ihr versichert, dass gar nichts schiefgehen konnte. So war es dann ja auch – alles lief glatt. Sie hatte sogar Spaß daran, glaubte er zumindest. Jetzt war sie tot, und er trauerte um sie. Nicht ernsthaft zwar, sie tat ihm leid, doch er war auch erleichtert. Auf Dauer hätte er mit ihr nicht zusammen sein wollen. Eine engere Beziehung hätte er sowieso nicht zugelassen. Sie war viel zu besitzergreifend für seinen Geschmack. Überall musste sie dabei sein, war beleidigt, wenn er ohne sie ausging. Dass sie nun nichts mehr über ihren gemeinsamen Streich verraten konnte, war beruhigend. Mit Sicherheit hätte sie geredet, falls er mit ihr Schluss gemacht hätte.

Jetzt durfte er bloß nicht darüber nachdenken, das war vorbei. Konzentration war angesagt. Die Berenz hatte ihm den mittleren Teil der Präsentation zugewiesen, den zähen Part, mit einem Haufen Tabellen. Egal, er hatte sich ein paar schicke Charts ausgedacht und die passenden Sprüche dazu vorbereitet, bei ihm würde keiner schlafen!

Wo sie nur blieb? Sie hatte nur noch fünf Minuten. Wenn sie heute wieder unpünktlich war, müsste er wie beim letzten Mal den ganzen Vortrag halten. Und ausgerechnet heute war er darauf nicht wirklich gut vorbereitet. Vorhin, auf der Toilette, hatte er zwei Robinul geschluckt, sein Geheimrezept gegen Magenschmerzen und Schweißausbrüche. Nun bereute er, keine Linie Koks gezogen zu haben, im Augenblick könnte er einen Kraftverstärker brauchen. Aber man wusste bei dem Zeug nie, wann die Wirkung nachließ – zu riskant. Es war jetzt sowieso zu spät.

Der Leiter der Betriebsmarktforschung, ein muskulöser Typ mit weizenblondem Bürstenschnitt, gesellte sich zu ihm. Fast platzte er vor Kraft aus seinem Anzug. Heute zeigte er sich freundlich; viel fehlte nicht, und er hätte ihm auf die Schulter geklopft. Was für ein Unterschied zu seinem ersten Auftritt hier. Damals hatte derselbe Mann ihn misstrauisch beäugt. Unverhohlen hatte er mit dem Abbruch der geschäftlichen Beziehungen gedroht, falls Doktor Berenz nicht pünktlich erschiene und den Vorstand warten ließe. Geros Zusicherung, dass er den Vortrag genauso gut halten könnte, hatte ihm nur böse Blicke eingebracht, aber schließlich war es ja doch so gekommen.

Noch bevor Bürstenschnitt sich einen Platz gesucht hatte, öffneten sich die beiden Flügel der mächtigen Tür. Zwei Mitglieder der Führungstruppe hielten sie auf. Die Gespräche verstummten. Der Vorstandsvorsitzende, ein hagerer Mensch, dessen Adleraugen Gero noch gut in Erinnerung waren, betrat den Saal. Neben ihm, mit strahlendem Gesicht, die Berenz. Dass sie den Boss vorab treffen würde, hatte sie nicht erwähnt. Unfair! Lebhaft unterhielt sie sich mit dem strengen Mann. Weshalb dieses Trampeltier bei den Kunden so gut ankam, war Gero ein Rätsel. Der Chef begleitete sie zum Rednerpult, sagte ein paar einleitende Worte, von denen bei Gero nur „vielversprechend" und „innovativ" ankamen, dann setzte er sich zu seinem Gefolge. Die Berenz bedankte sich und gab einen Überblick der Themen, die sie vorgesehen hatten. Zuerst dachte Gero, er hätte sich verhört, starr setzte er sich auf. Seinen Part streichen? Wieso das denn?

„… auf diese Weise werden wir mehr Zeit für die Diskussion der vorgeschlagenen Maßnahmen gewinnen", sagte sie. „Für diejenigen unter Ihnen, die sich intensiv mit den zugrundeliegenden Berechnungen auseinandersetzen möchten, wird mein Assistent die Tabellen in Kopie zur Verfügung stellen." Lächelnd wandte sie sich ihm mit einer halben Drehung zu. Gero lief rot an. Er hätte sie erschlagen können. Der Blick, den er ihr zuwarf, sprach Bände. Doch er bewahrte Haltung, rang sich sogar ein Grinsen ab und verfolgte mit erzwungener Ruhe, wie sie die Ergebnisse vortrug, die er tagelang und in zahlreichen Überstunden aufbereitet hatte.

# KÜNSTLICHE INTELLIGENZ

Dass Lukas im selben Stockwerk wie die Buchhaltung arbeitete, wusste Carlo noch. Den richtigen Flügel musste er erst suchen, die spiegelbildliche Anlage der Flure führte ihn zuerst in die falsche Richtung.

Als er schließlich Lukas' Büro am Ende eines Ganges gefunden hatte, öffnete er schwungvoll die Tür. Sein Kumpel strahlte über das ganze Gesicht, er winkte ihn herein. Der Mann, der eben noch vor ihm über den Schreibtisch gelehnt hatte, stoppte seinen Redefluss und sprang leichtfüßig auf. Teurer Anzug, Sandalen, graue Kräuselwolle auf dem Kopf – der seltsame Typ hatte ein total zerfurchtes Gesicht. Er sah Carlo nicht an, sondern verschwand mit einer angedeuteten Verbeugung, die Augen auf den Boden geheftet, ohne ein Wort aus dem Büro.

„Hab ich die Pest? Wer war denn das?" fragte Carlo.

Lukas lachte. „Der redet nicht mit jedem. Ein Freak, ein Ass. Setz dich, Mann. Das war Marko Zeschik, externer Entwickler. Manche Leute meinen, er ist gestört. Von wegen!"

„Ätzend. Was entwickelt er denn?"

„Du kennst doch den Geheimhaltungsquatsch bei OM, kein Wort von mir!"

„Klar, Mann."

„Der Typ ist ein Besessener, ein Genie! Du gibst ihm eine Zahl, und er berechnet dir ein Universum. Wir arbeiten zusammen, er ist Spezialist für KNN."

Carlo sah ihn verständnislos an.

„Klingelt nichts bei dir? Künstliche Neuronale Netze."

„Ach, diese Geschichte. Was wollt ihr denn damit?"

„Tja, mein Lieber, das ist angewandte Forschung auf höchstem Niveau. Die Resultate vom letzten Testlauf sind super. Hat er mir gerade erzählt."

„Deswegen hast du so gestrahlt."

„Hab ich? Kann sein. Ist aber auch hammerstark."

Lukas brannte lichterloh, am liebsten hätte er wohl die ganze Geschichte ausgespuckt.

„Darf natürlich nichts davon durchsickern. Vorsprung vor der Konkurrenz halten, ganz klar. Was das betrifft, ist die Geschäftsführung echt paranoid."

„Kann ich mir vorstellen …"

„Ich erklär dir mal das Prinzip. Das ist vollkommen okay, so lange ich nicht ins Detail gehe", beruhigte er sich selbst, „ich sag ja nur, was allgemein bekannt ist."

Carlo hatte keine Lust auf einen Vortrag in Fachchinesisch. Er schob Franks Portemonnaie über den Tisch.

„Ach ja, danke, Mann!" Frank stand auf, klopfte seine Designer-Jeans und die Brusttaschen seines grün geblümten Hawaiihemdes ab, in dem er noch bleicher aussah, als er ohnehin schon war. „Wo hab ich denn deins … also du weißt ja, dass nichtlineare Regression eine interessante Sache für Prognosen ist."

„Aha."

Frank zog eine Schublade seines Schreibtisches nach der anderen auf. „Also ich hab doch dein Portemonnaie … ich erklär es dir mal ganz einfach: Mit Künstlichen Neuronalen Netzen bildet man biologische Intelligenz auf dem Rechner nach. Die Vorgabe ist unser Gehirn. Selbstverständlich nur eine simplifizierte Nachbildung, trotzdem irrsinnig kompliziert."

Nachdem er in alle Schubladen geschaut hatte, sah er sich im Büro um. Carlo folgte seinem Blick. Eine Unzahl elektronischen Gerümpels lag in den Regalen und auf dem Fußboden verteilt: diverse Bildschirme und Tastaturen, überall Schlangennester von Kabeln.

Lukas sah ihn an. „Der Witz ist: Das Netz kann Muster erkennen. Es lernt. Man kann es trainieren!"

Carlo überlegte, wie er hier wieder wegkam. Jeden einzelnen Papierstapel auf seiner Seite des Schreibtischs hob er an. Gut möglich, dass sein Portemonnaie irgendwo darunter lag.

Lukas sah zu und redete weiter: „Das Netz wird mit Daten aus Vergangenheit und Gegenwart trainiert. Dadurch lernt es, wie sich Zustände entwickelt haben. Diese Entwicklungen werden dann auf die Zukunft übertragen – da isses doch!" Er zog Carlos Geldbörse unter den lose umgewendeten Blättern heraus, die er anscheinend vor kurzem bearbeitet hatte. „Der Wahnsinn! Für Testläufe haben wir vollen Zugriff auf den ganzen Daten-Thesaurus von OM-Research."

Carlo stand auf und steckte sein Portemonnaie in die Gesäßtasche seiner Jeans.

„Hast du's kapiert?"

„Nicht wirklich." Das hätte er nicht sagen sollen, denn jetzt war Lukas voll in Fahrt. So schnell gab der nicht auf.

„Also zum Beispiel: Sagen wir, wir haben eine Absatzprognose für das nächste Vierteljahr. Dann geben wir zum Ende des Zeitraums die tatsächlichen Daten ein. Das Netz passt sich an und berücksichtigt die Veränderungen bei den verschiedenen Faktoren in der nächsten Prognose. Das funktioniert stahlgut!" Er zögerte kurz. „Vorausgesetzt, die intrinsischen Prozesse bleiben über einen gewissen Zeitraum konstant."

„Interessant", log Carlo.

Lukas setzte sich wieder, streckte die Arme hoch, dehnte sich, dann bohrte er selbstvergessen im Ohr.

Carlo nutzte die Pause, um sich zu verabschieden. Lukas nickte nur, er war mit seinen Gedanken längst woanders.

# LIEBE KOLLEGEN

Einige Tage später lehnte Carlo Zigarette rauchend im Keller an der verschlossenen Tür. Heute begann seine Arbeit erst nach der Mittagspause. Anne legte genauso viel Wert auf Pünktlichkeit wie die Feldleiterin, deshalb hatte er extra eine frühe Bahn genommen. Total bescheuert, wegen ein paar Minuten solchen Druck zu machen! Doch er wollte seinen neuen Job nicht gleich wieder verlieren, jedenfalls nicht, bevor sein Konto ausgeglichen war. Also lieber zu früh als zu spät aufschlagen.

Wenigstens durfte man hier unten rauchen. Als Einzige im Haus ignorierte Anne das Rauchverbot. Hier musste man sich nicht wie sonst überall in eine Abzugskammer quetschen.

Kaum hatte er aufgeraucht, da wallte sie schon in ihrem zeltartigen Gewand auf ihn zu. Sie war bester Laune. „Pech für dich, dass freie Mitarbeiter in der Kantine nicht zugelassen sind, manchmal ist das Essen wirklich ausgezeichnet." Sie nahm das Pausenschild ab, drückte es Carlo in die Hand und schloss auf.

„Hol die Transportscheine aus dem Packraum und kontrollier die Sammelrechnungen", wies sie ihn an. „Aber vergiss nicht, die fehlenden Projektnummern nachzutragen, sonst flippt die Buchhaltung aus, das kennst du ja."

Carlo suchte die Ordner zusammen, in denen die Frachtpapiere abgeheftet wurden, und zwängte sich hinter seinen Tisch. Als er die Kurier-Rechnungen das erste Mal geprüft hatte, waren ihm ein paar Fehler unterlaufen, und die Tussi aus der Buchhaltung hatte ein Mega-Tamtam gemacht. Ein weiteres Mal konnte er gut darauf verzichten.

Anne stellte ihr Telefon ab und zog sich dann auf ihren Ledersessel zurück, um ein Nickerchen zu halten. Zwei bis drei Mal pro Woche arbeitete er jetzt hier, nie dienstags oder freitags, da bestellte sie immer dieselbe Truppe, mit denen hatte er nichts zu tun. Manche Aufgaben waren öde, so wie diese hier, doch er hatte in der kurzen Zeit schon mehr Mitarbeiter von OM-Research kennengelernt als während seiner Jahre im CATI.

Den Tisch in einer Ecke ihres Büros hatte Anne für ihn frei geräumt. Von hier aus bekam er wie im Kino fast alles mit, was im Keller so vor sich ging. Alle paar Tage lief etwas schief, dann brach die totale Hektik aus, die Leute verfielen in Panik und führten sich auf, als ob ihr Untergang bevorstünde. Anne blieb meistens ruhig, kein Vergleich mit der Feldleiterin. Vorige Woche hatten sie eine Nachtschicht eingelegt, weil bei den Abbildungen für einen Produkttest in letzter Minute Fehler entdeckt worden waren. Ein paar hundert Konzepte waren in die Tonne gewandert. Zu dritt laminierten und verpackten sie dann neue Fotos. Erst nach Mitternacht war er zu Hause gewesen. Dafür hatte er am nächsten Tag zum Ausschlafen frei. Auf jeden Fall war sie humaner als die Sommer, das stand fest. Allerdings lag der Stundensatz bei ihr auch nicht höher als im CATI, das war eine Enttäuschung gewesen.

Eine Viertelstunde später wachte Anne wieder auf, faltete die Decke zusammen und bot ihm eine Zigarette an.

„Danke, ich hab noch von meinen." Annes Glimmstängel mit Menthol rauchte er nur in höchster Not, wenn seine eignen zu Ende waren und er kein Geld für Nachschub hatte. Er gab Anne Feuer, beobachtete dann, wie sie sich auf ihren Schreibtischsessel schob. Sie passte haargenau zwischen ihre Armstützen. Wenn sie nur ein bisschen dicker wäre, würde sie steckenbleiben. Anscheinend war der Abstand extra für sie ausgemessen worden.

Es blieb still im Büro. Anne hatte offensichtlich vergessen, ihr Telefon wieder einzuschalten. Die beiden widmeten sich in Ruhe ihrem Papierkram.

Plötzlich flog die Tür auf und eine blonde Fee schwebte herein. „Hallo! Guten Tag."

„Catherine!" Geschickt glitt Anne zwischen den Armstützen heraus. Sie umarmte die junge Frau, die ihr, obwohl sie auf hohen Absätzen daherkam, gerade mal bis zur Nasenspitze reichte. Sie küsste sie auf beide Wangen. Das war aber auch eine süße Braut. Klasse Beine. Kurvige Figur.

„Du siehst bedrückt aus. Was ist passiert?", fragte Anne.

„Ich bin, wie sagt man? Auf dem Boden zerstört. Ich brauche deinen Seelentrost."

Französin, dachte Carlo.

Catherine sank in den Ledersessel, schlug die Beine übereinander und ließ eine ihrer roten Sandaletten baumeln. Gebannt sah Carlo zu, wie sie mit beiden Händen in ihr hochgestecktes Haar griff. Eine hellblonde Strähne kringelte sich vor dem Ohr bis zum Kinn. Apartes Gesicht. Für die Augenfarbe müsste man näher rangehen. Er stand auf.

„Das ist Carlo", sagte Anne. Catherine nickte abwesend in seine Richtung.

„Stell dir vor, wir hatten Fehler in den Tabellen, keiner hat es gemerkt. Drei Leute haben gecheckt, ich auch. Dann präsentieren wir beim Kunden, und er sieht es sofort. Ich wollte im Boden versinken. Wie konnte mir das passieren?"

Mitfühlend tätschelte Anne Catherines Arm.

„Das kommt vor, manchmal versagen alle Sicherungen. Und der Kunde?"

„War nicht amüsiert."

Carlo, unbeachtet in seiner Ecke, setzte sich wieder.

„Hat Hajo sich eingeschaltet?"

„Und wie! Einen Skandal hat er gemacht, unglaublich!"

Sie diskutierten noch eine Weile hin und her, ob es ein Verfahren gäbe, solche Fehler zu vermeiden. Schließlich beruhigte sich Catherine, sie fragte nach Locher, Tacker und Ordnern.

„Der Kollege ist ein Stockwerk höher gezogen, hat alles Werkzeug mitgenommen, der Verbrecher."

Anne brauchte Carlo nicht extra aufzufordern. Nach Catherines Wünschen stellte er die Büromittel zusammen, notierte sie in der Ausgabeliste und sortierte alles in einen passenden Karton.

„Ich trage Ihnen das Paket nach oben", sagte er.

Bis Carlo in den Keller zurückkehrte, verging viel Zeit. Anne schüttelte tadelnd den Kopf, als er zur Tür hereinkam. Sie telefonierte ohne Unterbrechung: Kaum hatte sie den Hörer aufgelegt, klingelte es schon wieder. Erst kurz vor Ende der Arbeitszeit konnte Carlo sein Anliegen vorbringen: Er brauche dringend einen Vorschuss. Ob Anne ihm den auszahlen könne?

„Vorschuss gibt's bei uns nicht mehr. Damit haben wir schlechte Erfahrungen gemacht. Die Freien bleiben einfach weg, und wir bekommen den Vorschuss nicht zurück. Die Buchhaltung hat strikte Anweisung. Wofür brauchst du denn das Geld?"

„Ich hab Catherine zum Essen eingeladen und bin pleite."

Anne lachte laut.

„Du wirst sie wohl wieder ausladen müssen."

Missmutig räumte Carlo seine Ordner zusammen.

Wenig später sagte Anne: „Ich kann dir was aus meinem eigenen Portemonnaie leihen. Ich will allerdings nicht bis zum Sankt-Nimmerleins-Tag auf die Rückzahlung warten. Am besten trägst du dich für ein paar zusätzliche Projekte ein. Du kannst gleich morgen Nachmittag anfangen, wir suchen noch einen Helfer für den Versand."

Die Aussicht auf mehr Arbeit begeisterte Carlo nicht, doch es leuchtete ihm ein, dass er Annes Großmut nicht überstrapazieren durfte. Sie gab ihm den Tipp, zum Italiener hinter der Hauptwache zu gehen, der sei schick, nicht zu teuer, und das Essen würde Catherine bestimmt gefallen.

„Übrigens ist sie Belgierin, keine Französin, darauf legt sie Wert."

Am folgenden Nachmittag traf Carlo in der Versandhalle auf Fritz. Anscheinend erging es ihm genau wie Carlo: Bei der Feldleiterin im CATI durften sich beide nicht mehr blicken lassen.

Fritz strahlte: „Sieh an, sexy Carlo.“

„Ach hör auf, Mann.“

„Das passt ja gut. Ich wollte dich schon immer fragen, wie man bei unseren hochnäsigen Zwillingsschwestern andockt“, behauptete Fritz.

„Das wüsste ich auch gerne. Seit wann stehst du auf Frauen? Was ist denn mit deinem Freund?“

„Ich bin total flexibel.“ Er zog seine abgeschabte Lederjacke aus und hängte sie über einen Stuhl. „Scherz beiseite. Lass uns loslegen, wir müssen jede Menge Waschpulver verpacken.“

Fritz öffnete die Tür zu einem der vorderen Lager mit seiner eignen Code-Karte, offensichtlich besaß er Annes Vertrauen.

„Voll nobel hier vorne“, bemerkte Carlo. „Alles elektronisch. Hinten im Gang sichern sie noch mit Schloss und Riegel.“

„Das hier gibt's nur, um die Kunden zu beeindrucken: Super-Geheimhaltung bei OM!“, lästerte Fritz. „Denen wird natürlich die Show hier vorne gezeigt. Mit den Code-Karten kannst du die Zugangsberechtigungen eingrenzen, und der Computer zeigt dir, wer wann welche Tür geöffnet hat. Schon praktisch – müsste man überall haben. Meine Karte ist besonders hübsch: lauter Nullen und fünf Einsen. Unverwechselbar.“

Sie betraten den Lagerraum, in dem sich Paletten mit eingeschweißten hellblauen Paketen türmten, sie sahen alle gleich aus.

„Blind verpackt“, erklärte Fritz. „Du erkennst die verschiedenen Sorten an den kleinen Ziffern hier oben. Die Produktvariation, die getestet werden soll, ist wahrscheinlich genauso winzig. Alles überflüssiges Zeug, nur um den Leuten das Geld aus der Tasche zu ziehen."

„Bist du mal wieder bei deinem Lieblingsthema?", Anne stand plötzlich in der Tür. „Mit dieser Einstellung sollten wir dich feuern."

„Gib doch zu, Anne, wenn wir mal was wirklich Neues testen wollten, dann würde es abgelehnt. Hundertprozentig. Marktforschung ist tödlich für jede echte Innovation."

„Die meisten Menschen mögen Veränderungen nur in homöopathischen Dosen. So ist das eben. Jetzt halt dich nicht mit Reden auf, fang lieber an zu zählen. Hier sind die Quoten." Sie ließ ein Blatt auf ihn zusegeln und verschwand wieder im Gang.

Fritz klaubte das Papier vom Boden.

„Die sind doch wahnsinnig, 16 Locations! Und alle mit unterschiedlichen Fallzahlen!"

Er spießte das Blatt auf einen Nagel in der Wand. Carlo nieste, auch Fritz rieb sich die Nase. Im Lager war es kalt und es roch stechend.

„Hier kann man nicht arbeiten. Wir bringen die Paletten nach vorne. Kennst du unseren GeZehnDe?"

„Unseren was?"

„Wir schließen ihn weg, damit die Interviewer nicht mit ihm herumgondeln."

Fritz öffnete den angrenzenden Lagerraum, in dem ein kleiner gelber Gabelstapler parkte.

„Bleib draußen. Ich fahr ihn vor und zeig dir, wie's geht. Er ist total einfach zu bedienen. Pass auf: Hebel für ‚vorwärts' und ‚rückwärts'. Geschwindigkeit kannst du damit auch regulieren. Und hiermit geht's rauf und runter. Probier mal."

Carlo stieg auf, Fritz gab ihm Anweisungen: „Langsam an die Palette ranfahren, die Gabel drunter setzen, genau. Dann ‚lift‘ uuund ‚stopp‘. Er neigt die Ladung automatisch nach hinten, damit sie nicht abrutscht. Genial, was? Jetzt vorsichtig raus hier, aufpassen, dass du die Tür nicht rammst! Schön langsam nach vorne in die Halle und absetzen.“

Carlo war begeistert, ein tolles Spielzeug. Umsichtig kurvte er mit seiner Fracht vom Lager zum Packtisch. Die Bedienung war kinderleicht. Nur die Ladung mittig auf die Gabel schieben, sonst kam man nicht durch die Tür, alles andere lief wie geschmiert.

Unterdessen rechnete Fritz aus, wie viel jedes Studio von den verschiedenen Waschmittelsorten pro Altersgruppe brauchte, um die Quoten zu erfüllen. Immer wieder strich er seine Zahlen durch und begann die Berechnung von vorn.

Carlo hatte die Hälfte der Paletten bereits abgetragen. Den Mini voll im Griff, wollte er sehen, ob es auch flotter ging. Der Stapler lief super, doch die Kurve vor dem Packtisch schaffte er nur knapp, seine Ladung rutschte ab. Fritz sprang hoch.

„Pass doch auf, Mensch! Willst du mich umbringen? Wehe, wenn was kaputt ist! Anne macht Terror, wenn die nachproduzieren müssen. Und das wird teuer!“

„Alles okay, Mann. Nur die Ruhe.“

Zum Glück rieselte nichts heraus, nur einige Pakete waren an den Seiten eingedrückt. Von jetzt ab transportierte Fritz die restlichen Paletten selbst, und Carlo berechnete die Verteilung der Produkte.

Als die Kisten für die sechzehn Studios gepackt, mit Adressen beklebt und die Transportscheine ausgefüllt waren, blieb ihnen noch reichlich Zeit, bis der Kurier kommen und die Sendung abholen würde. Die Wartezeit verbrachten sie Zigaretten rauchend, die Füße auf dem Packtisch, mit Klatsch. Einmütig zogen sie über die Sommer her. Sie stritten, welche Frauen im CATI wirklich klasse waren und welche einigermaßen akzeptabel. Fritz fand die Männer durchweg platt, Carlo natürlich ausgenommen.

„Sag mal, Carlo, wie bist du so schnell bei der Padberg gelandet? Die lässt doch sonst keinen in ihr Büro, wir sollen nicht merken, dass sie die Schlafkrankheit hat."

Carlo zuckte mit den Schultern. „Sie mag mich."

„Weißt du, dass sie früher in der Forschung war? Sie soll richtig gut gewesen sein, bis sie beim Kunden eingeschlafen ist." Fritz lachte lautlos in sich hinein. „Wahrscheinlich nur gut erfunden, zu schön, um wahr zu sein! Frag sie doch mal. Auf jeden Fall hat der Simon, du weißt schon, der, den es in den Alpen erwischt hat – der hat ihr im Keller ein schönes Plätzchen eingerichtet, findest du nicht? Schon tragisch, sein Tod in den Bergen. Manche munkeln, dass der Eckerth dabei die Hand im Spiel hatte, weil er an seinen Job ran wollte."

„Glaubst du das?", fragte Carlo.

„Ich glaube, dass unsere beiden Chefs was miteinander hatten. Warum hätten sie sich sonst immer mal in Simons Büro eingeschossen? Habe ich selbst gesehen. Was die zwei wohl da drinnen gemacht haben, was meinst du?"

Carlo verdrehte die Augen. „Jeder sieht, was er sehen will."

Nach einer Weile fuhr Fritz nachdenklich fort: „Jobs wie diesen hier wird's bald nicht mehr geben, sind jetzt schon rar. Demnächst braucht hier keiner mehr die Studios."

„Schon klar. Bei Eckerth läuft alles virtuell", stimmte Carlo ihm zu.

Ohne Vorwarnung marschierte die Sommer an den Packtischen vorbei. „Da haben wir ja ein schönes Pärchen zusammen!", fauchte sie.

Carlo und Fritz rissen die Füße vom Tisch und setzten sich auf.

„Die Frau nervt!"

Die Feldleiterin stieß die Tür zu Anne Padbergs Büro auf und ließ sie hinter sich offen stehen.

„Diesen Brief musst du dir ansehen!", rief sie. „Ich finde keine Worte!"

Carlo und Fritz bewegten sich geräuschlos in Richtung der Tür. Es war gar nicht nötig, allzu nah heranzugehen, Frau Sommers Feldwebelstimme hörte man gut.

„Habe ihn aufgemacht. Wirst gleich sehen, dass ich Grund dazu hatte."

Annes Antwort war nicht zu verstehen.

„Hier, ich zeig's dir!" Die Sommer weiter laut: „Drei Karten für ein Eintracht-Spiel mit Zutritt zur VIP-Lounge und hier: ‚Dank für die gute Zusammenarbeit, Ihr Tempo-Kurier'. Lässt sich schmieren, der Herr Fritz! Hat diesen Pfuscher heimlich wieder reingebracht. Du weißt schon, der sich um Termine nicht schert: Pakete einfach vor die Tür geknallt und weg. Hälfte war natürlich verschwunden."

„Als wir den Kunden verloren haben?", fragte Anne. „Das ist doch Jahre her."

„Spielt keine Rolle. Meine Anweisung steht. Ich lasse mir doch nicht auf der Nase rumtanzen, der fliegt! Und dass du den anderen da draußen bei dir arbeiten lässt, wundert mich sehr. Die Trantüte kommt doch dauernd zu spät." Jetzt schloss sie die Tür.

„Dicke Luft", sagte Fritz.

„Von was redet die denn?"

„Keine Ahnung. Lass uns im Lager verschwinden, in der Stimmung will ich der Sommer nicht begegnen."

Zu spät! Die Tür flog auf. Mit zackigen Schritten kam die Feldleiterin auf sie zu. Sie zeigte mit dem Brief auf Fritz.

„Du kommst in mein Büro. Jetzt!", bellte sie. Für Carlo hatte sie einen vernichtenden Blick.

Eine Stunde verging, der Kurier hatte die Pakete längst abgeholt, Fritz kehrte nicht zurück.

„Da kann ich nichts machen", sagte Anne auf Carlos Frage. „Es sieht schlecht für Fritz aus, du weißt ja, was er sich im Studio geleistet hat. Und jetzt noch die Sache mit dem Kurier. Obwohl ich nicht glaube, dass er sich bestechen lässt. Karten für die Eintracht, das ist doch nicht der Rede wert! Da übertreibt sie gewaltig. Wahrscheinlich hat sie ihm jetzt alles um die Ohren gehauen, was sich mit der Zeit bei ihr angesammelt hat, sonst wäre er nicht so sang- und klanglos verschwunden. Sie wird ihm Hausverbot erteilt haben."

Anne fischte ein paar Blätter aus dem Berg auf ihrem Schreibtisch.

„Hier ist die Liste der Konzepte, die vernichtet werden sollen, du weißt ja Bescheid. Ich schließ dir auf."

Carlo seufzte im Stillen. Ergeben folgte er Anne in den Gang zu den hinteren Lagerräumen. Wieder so eine öde Arbeit, alte Konzepte durch den Schredder jagen! Er nahm sich Zeit, denn ihm fehlte noch einiges auf seinem Stundenzettel, um den Lohn, den er sich für diesen Monat vorgenommen hatte, zu erreichen. Schließlich fegte er die Papierschnipsel in der Versandhalle zusammen, was er sonst nie tat. Dann öffnete er die Tür zu Annes Büro. „Ich gehe jetzt. Alles fertig. Soll ich das Licht hier draußen anlassen?"

„Die Notbeleuchtung reicht. Der Fritz hat angerufen, er wartet am Hauptbahnhof auf dich, du wüsstest schon wo. Wahrscheinlich will er sich bei dir ausweinen."

„Okay."

„Nimm seine Jacke mit", rief sie ihm nach. „Hängt über dem Stuhl! Sonst steht er heute Abend ohne Hausschlüssel vor seiner Tür."

Gegenüber Bahnsteig 21 kauerte Fritz auf einem Barhocker hinter seinem Bier.

„Scheißtag, Scheißweib", knurrte er. „Danke, dass du an meine Jacke gedacht hast." Seine Schlüssel klimperten, als er die Jacke überzog. Dann fasste er in sämtliche Taschen.

„Meine Code-Karte ist weg", murmelte er. „Auch egal! Das war sowieso das Aus für mich bei OM. Du trinkst doch einen mit mir zur Entspannung, Carlo?"

„Klar. Halt die Stellung, ich hol was."

Wenig später trug Carlo zwei frische Pils mit appetitlichen Schaumkronen zum Tisch. Ein paar Tropfen perlten an den Gläsern herunter. Sie prosteten sich zu. Dann wischten sich beide synchron den Mund mit dem Handrücken ab.

„Die Sommer soll bloß nicht glauben, dass ihr Scheißladen der Einzige ist, wo ich arbeiten kann", stieß Fritz hervor. Er schwieg kurz, dann fragte er: „Hast du heute Abend schon was vor, Carlo?"

## MIT DEM RÜCKEN ZUR WAND

So war es besser! Mit dem Rücken zum Fenster, das Gesicht zur Tür, Hajo Eckerth brauchte Abstand vom Abgrund. Seit Günters Sturz im Gebirge hatte sich seine Höhenangst verstärkt. Er wies die Männer in den blauen Overalls an, den Schreibtisch noch ein Stück näher zur Raummitte zu schieben. Alle Fenster im Hochhaus reichten von der Decke bis zum Boden; wenn er nahe davor stand oder saß, wurde ihm schwindlig. Er wusste, dass ihn Panik überfallen würde, wenn er sich vorbeugen und runter auf die Straße sehen würde.

Seinen Umzug ins Eckzimmer hatte er, wie er fand, sehr diplomatisch eingeleitet. Schließlich wollte er niemanden gegen sich aufbringen. Solche an sich unbedeutenden Entscheidungen zogen oft genug Ärger, zumindest schlechte Stimmung nach sich, wenn man dabei jemandem auf die Füße trat. Deshalb hatte er bei der zentralen Orga in Brüssel angefragt, ob etwas dagegen sprach, dass er das Eckzimmer bezog, denn er brauche mehr Platz. Pol selbst hatte ihn daraufhin angerufen: Obwohl er die Geschäftsführung nicht übernehmen würde, sagte er, könnte er das Eckzimmer auf jeden Fall haben. Hajo war nicht überrascht. Er glaubte zu wissen, warum Pol ihm entgegenkam, das Eckzimmer war eine leicht zu gewährende Kompensation für die ausgebliebene Beförderung, eine Gutwetter-Geste.

Nachdem die Männer sämtliche Kabel angeschlossen und das Büro wieder verlassen hatten, betrachtete Hajo sein neues Reich. Über der Sitzgruppe hing jetzt ein riesiges

Foto der Frankfurter Skyline. Es zeigte den Blick auf *den* Turm, in dem er hier saß. Sein alter Rollschrank aus Holz machte sich gut, er gab dem Raum eine persönliche Note.

Hajo vergewisserte sich, dass alle drei Monitore auf seinem großflächigen, u-förmigen Schreibtisch funktionierten. Sorgfältig rückte er den Bildschirm mit dem Foto seines Sohnes zurecht, so dass man ihn auch von der anderen Seite des Schreibtisches sah. Der Junge lebte bei Hajos geschiedener Frau. Inzwischen war er zwölf Jahre alt, besuchte Hajo immer seltener und wurde ihm von Mal zu Mal fremder. Hajo hatte bisher keinen Weg gefunden, seinen Sohn stärker an sich zu binden. Das Foto auf dem Monitor zeigte ihn im Kindergartenalter – einen reizenden Blondkopf, den man gerne bewunderte und der jedem Besucher ein Lächeln entlockte.

Seine Exfrau verlangte mehr Geld. Sie hatte ihr Studium abgebrochen, als sie schwanger war, und jetzt fühlte sie sich als Opfer. Gerichtlich würde sie ihre Forderungen kaum durchsetzen können, aber er wollte vermeiden, dass sie seinen Sohn gegen ihn aufhetzte – lieber würde er zahlen. Wenn er Günters Job bekam, würde sie noch mehr fordern, das würde er dann wohl oder übel auch in Kauf nehmen. Seine Hoffnung, dass die Konzernleitung ihn doch noch zum Geschäftsführer bestimmen würde, wuchs täglich. Aus Brüssel erreichten ihn positive Signale. Kein anderer war ernsthaft im Gespräch. Seine Position war zwar immer noch nur kommissarisch, doch er war zuversichtlich. Er hatte Fakten geschaffen, Geschäft hereingeholt – zwei große Aufträge, die er anfangs zusammen mit Günter akquiriert hatte, doch der Abschluss war allein sein Verdienst.

Zurzeit lief alles nach Plan. Er war auf der Hut, hatte alles durchdacht. Falls der Vorstand wirklich einen neuen Geschäftsführer einsetzen sollte, war er vorbereitet. Sie hatten alle Programme ausgelagert. Zeschik, dieser begnadete Irre, arbeitete sowieso meist von seinem Büro in Bad Homburg aus, er kam nur selten zu OM-Research nach Frankfurt. Lukas, Hajos Assistent, war auf ihn eingeschworen, er sprach mit niemandem über seine Arbeit, das hatte er ihm eingeschärft.

Eine Achillesferse gab es aber doch: Dieser dumme Fehler, der seiner Lebensgefährtin beim Buchen unterlaufen war und den Sonja Wessing entdeckt hatte, war nicht mehr rückgängig zu machen. Am Status eines abgeschlossenen Projekts konnte er nach so langer Zeit nichts mehr ändern, sonst hätte er sofort die Revision am Hals. Bisher war denen nichts aufgefallen, warum sollte es auch? Die Buchungen waren geschickt getarnt, nur bei dieser Internetbefragung, da hatte sie nicht aufgepasst, Interviewer-Stunden eingebucht, wo es gar keine geben durfte. So etwas kam ganz bestimmt nicht wieder vor!

Hajo stand der Schweiß auf der Stirn. Was war denn heute wieder mit der Klimaanlage los? Er überprüfte das Thermometer, neunzehn Grad. Eigentlich müsste er frieren.

Sein Blick fiel auf die von Günter übernommene Telefonanlage. Die zweite Taste unten rechts würde die Maurer herbeizitieren. Er drückte mehrmals. Sie ließ sich nicht blicken. Statt ihrer erschien die Abteilungsleiterin, Doktor Berenz, in der Tür.

„Dein Vorzimmer ist nicht besetzt, du musst wohl neue Saiten aufziehen“, sagte sie nur halb im Scherz.

„So ist es.“

„Ich muss mit dir reden, Hajo.“ Ihre Stimme klang ernst und entschlossen.

„Komm erst mal rein, setz dich.“ Er wies auf die eckigen mit Stahlrohr eingefassten Ledersessel unter dem Foto der Frankfurter Skyline.

„Ich stehe lieber, ich bin zu angespannt zum Sitzen.“

„Worum geht es?“, fragte Hajo und sah zu, wie sie auf ihren säulenartigen Beinen hin und her wanderte, die Hände auf die üppigen Hüften gestützt. Diese Diskrepanz zwischen ihrem schönen Gesicht, dem attraktiven Oberkörper und dem wenig ansehnlichem Untergestell fiel, wenn sie saß, gar nicht auf. Er wusste, dass sie stets darauf bedacht war, möglichst alles im Sitzen zu besprechen. Es war also wirklich etwas Ernstes, das sie bewegte.

Schließlich stellte sie das Herumwandern ein.

„Ich fürchte, unser junger Kollege Gero hat Sonja Wessing umgebracht“, sagte sie.

Ein paar Sekunden war Hajo sprachlos.

„Wie kommst du darauf?“, fragte er.

Sie verschränkte die Arme vor der Brust und sah ihn fest an. „Er hat mich reingelegt, zusammen mit dieser kleinen Buchhalterin. Du erinnerst dich an die Präsentation in Hamburg, bei der ich mein Flugzeug verpasst habe und er für mich eingesprungen ist?“

„Ja, das war doch ausgezeichnet.“

„Das dachte ich zuerst auch. Mittlerweile glaube ich, dass er die Sache arrangiert hat.“

„Ach ja?“

„Irgendwie haben die beiden den Aufzug manipuliert. Wenn wir nachforschen, werden wir schon herausfinden, wie sie es gemacht haben. Gero ist ehrgeizig, er will unbedingt in den Vordergrund. Er will Kundenverantwortung. Er hat meine Verspätung genutzt, um sich vor dem Kunden aufzuspielen und den Eindruck zu erwecken, dass er der Wissensträger ist im Team.“

Hajo sah keinen Zusammenhang zu dem Mord.

„Später hat sich das saubere Pärchen dann gestritten. Wahrscheinlich wollte sie ihn unter Druck setzen, und er hat sie die Treppe runter gestoßen.“

„Das vermutest du.“

„Ich bin mir ziemlich sicher. Ich habe die beiden streiten sehen. Wir sollten zur Polizei gehen, Hajo.“

„Das sollten wir uns gut überlegen, so was kann das Ansehen der Firma beschädigen. Komm, setz dich doch.“

Diesmal folgte sie seiner Aufforderung und ließ ihren Hintern trotz seines Umfanges elegant in einen der hochlehnigen eckigen Sessel gleiten.

„Als es hieß, Sonja Wessing wäre ermordet worden, habe ich mir noch nichts dabei gedacht. Aber dann ist mir eingefallen, dass ich sie an dem Tag, als ich im Aufzug steckengeblieben bin, mehrfach bei uns im Stockwerk gesehen habe. Sie hat mich abgepasst.“

„Selbst wenn sie das wirklich gemeinsam arrangiert haben sollten, bedeutet es noch lange nicht, dass er sie umgebracht hat.“ Hajo setzte sich der Berenz gegenüber mit dem Blick auf die Wand und das Foto.

„Nein. Aber ich habe die beiden im Flur vorm CATI heftig streiten sehen. Genau an der Stelle, wo sie die Treppe runtergestürzt ist. Als ich näher kam, waren sie still."

„An Sonjas Todestag?"

„Ich glaube schon. Allerdings kann ich das nicht mit Sicherheit sagen. Auf jeden Fall war es an einem Vormittag, daran erinnere ich mich genau. Du hättest sein Gesicht sehen sollen – die reinste Mordlust. Es ist mir wieder eingefallen, als ich ihn neulich während meines Vortrags beobachtet habe. Genau so hat er mich angesehen, als ich ihn aus meiner Präsentation gekickt habe. Am liebsten hätte er mich erwürgt."

Also das war ihr Motiv, sie will ihn loswerden, dachte Hajo. Mal wieder einen Konkurrenten kaltstellen, bevor er ihr gefährlich werden konnte. Dafür war sie bekannt. Laut sagte er: „Mit einer derartig schwachen Anschuldigung kannst du doch nicht zur Polizei gehen. Du hast womöglich recht damit, dass die beiden dir einen üblen Streich gespielt haben, aber deine Vermutung, dass Gero Sonja die Treppe runtergestoßen hat, ist reine Spekulation. Dafür willst du die Kommissare wieder ins Haus holen? Die würden sich in deiner Abteilung festsetzen."

Hajo sah, dass sich eine Spur Unsicherheit in ihrem Gesicht zeigte. Neue Ermittlungen der Polizei waren das Letzte, was er brauchen konnte. Viel zu viele Arbeitsstunden hatten sie schon damit vergeudet, den Kommissaren nachzuweisen, wo jeder von ihnen sich zur Zeit des Mordes aufgehalten hatte. An die Stunden, die mit Büroklatsch über dieses Thema vertrödelt worden waren, wollte er gar nicht denken. Gut, dass damit endlich Schluss war.

Er legte nach: „Ich kann mir vorstellen, dass du Gero nicht mehr in deiner Abteilung haben willst. Das verstehe ich. Was hältst du davon, wenn wir ihn zur Belohnung für seine gute Arbeit am Rotationsplan für junge Forschungsleiter teilnehmen lassen? Wir vermitteln ihn für ein, zwei Jahre in eine der anderen Gesellschaften, nach Mailand oder nach London. Du müsstest dann wahrscheinlich einen von dort im Austausch aufnehmen. Ich kann das arrangieren, die entscheidenden Leute kenne ich ganz gut."

Sie nickte. „Du hast wahrscheinlich recht. Eine Verhaftung wäre schlecht für unser Image. Ich fühle mich trotzdem nicht ganz wohl bei der Sache. Je eher er geht, desto besser."

Hajo glaubte keinen Augenblick, dass Gero zum Mörder geworden sein könnte. Wenn sie beide damit zur Polizei gegangen wären, hätten sie sich lächerlich gemacht. Seine Behandlung dieser heiklen Situation war gar nicht übel, Günter hätte es auch nicht besser gekonnt. Die Maurer sollte ihm gleich mal Geros Personalakte bringen. Er tippte auf die Ruftaste unten rechts, nichts rührte sich.

Frau Maurer hatte es sich auf einem Rollcontainer in der Buchhaltung bequem gemacht. Beide Füße auf einen umgedrehten Papierkorb gestützt, pickte sie mit einem Plastikspieß einzelne Stücke des Obstsalats aus ihrer Tupperdose.

Die Lamellen der Jalousien waren heute schräg gestellt, endlich mal wieder strahlender Sonnenschein, gern ließ man da etwas mehr Licht herein. Auf der Leiter vor dem Fenster bewegte sich Ruth in ihrer hautengen Caprihose wie eine schwarze Katze. Sie hängte die Topfpflanzen von dem hölzernen Blumengitter ab, das Sonjas Schreibtisch umgab, und reichte eine nach der anderen so rasch von der Stehleiter herunter zu Ilse, dass die mit dem Stapeln kaum nachkam.

„Warum ihr es so eilig habt, Sonjas Pflanzen abzubauen, verstehe ich nicht", sagte Frau Maurer, „das sieht doch ganz hübsch aus."

„Das Zeug hat schon lange genug hier herumgestanden." Ilse sah angeekelt auf die Pyramide von Pflanzen auf dem Serviertisch. „Nimmt nur Platz weg und macht Arbeit."

„Wo wollt ihr denn damit hin?"

„Ich würde alles auf den Müll schmeißen, aber Ruth will, dass wir die Töpfe verteilen."

„Wir stellen sie in den Flur neben den Fahrstuhl", sagte Ruth. „Jeder kann sich eine Pflanze mitnehmen, so lange der Vorrat reicht. In memoriam sozusagen."

Ilse lachte auf. „Nicht für mich."

Ruth überging den Einwand: „Das muss schon sein, Sonja hat sich so viel Mühe damit gegeben."

„Stopp, stopp, stopp! Mehr passt nicht drauf." Ilse rüttelte an dem wackligen Serviertisch. „Wir müssen den zweiten nehmen, der hier ist voll."

Ruppig schob sie das beladene Tischchen zur Tür, so dass Farne, Efeu, Grünlilien und Mooskraut durcheinander purzelten. „Ich bring die schon mal raus", brummte sie.

„Wohl schlecht gelaunt?", fragte Frau Maurer, als die Tür hinter Ilse zugeklappt war.

„Sie soll ins Polizeipräsidium kommen."

„Warum denn das?"

„Sie hat kein Alibi."

„Du machst Witze."

„Als Sonja ermordet wurde, war sie im Haus unterwegs. Bei drei Forschungsleitern hat sie Rechnungen auf den Schreibtisch gelegt, aber keiner von denen war an seinem Platz oder hat sie gesehen.“ Ruth blickte die Chefsekretärin bedeutungsvoll an.

„Du glaubst, da ist was dran?“

„Natürlich nicht. Aber weiß man’s? Ilse hatte eine Stinkwut auf Sonja. Sie hat sich doch damals in Ilses Arbeit eingemischt und auch noch Prämiengeld dafür kassiert! Das kann Ilse einfach nicht verwinden.“

„Dieser Verbesserungsvorschlag? Den hätte sie wirklich vorher mit Ilse absprechen müssen.“

„Meine Rede ... Sie kommt zurück“, Ruth fuhr nahtlos, wenn auch eine Spur zu laut fort: „Wir wollen das Blumengitter weghaben, unser Büro ist sowieso schon zu eng.“

„Den dritten Schreibtisch können sie auch gleich abholen, den brauchen wir nicht mehr“, sagte Ilse, während sie den neuen Serviertisch neben die Leiter schob. „Sonjas Stelle wird garantiert eingespart, darauf könnt ihr Gift nehmen.“

„Und wir sind die nächsten.“ Ruth zupfte ein paar Stängel und Blättchen von ihrem schwarzen Pulli.

„Wie meinst du das?“, fragte Frau Maurer.

„Nicht was du denkst.“ Ruth lächelte spöttisch. „Wir werden eingespart, nicht ermordet. Das nennt man Synergien.“

„Du spinnst.“

„Wart’s ab. Der Eckerth muss sich profilieren. Macht sich immer gut, wenn man die Personalkosten senkt.“

„Wie soll denn die Firma ohne Buchhaltung laufen?“

„Heute kann man alles aus der Zentrale heraus machen. Frag mal einen von der IT, der erklärt dir, wie das geht“, sagte Ilse.

„Jetzt seid ihr aber die Schwarzseherinnen schlechthin! Warum sollte Eckerth so was tun? Sein Geschäft läuft doch blendend. Er hat gerade erst zwei neue Großkunden an Land gezogen. Wir müssen uns keine Sorgen wegen unserer Arbeitsplätze machen."

# ZENTRALE DER MACHT

Zur selben Zeit tagte der fünfköpfige Vorstand von OM-Research unter Vorsitz von Pol Dellis im Konferenzraum der Zentrale in Brüssel. Der Raum war ein wenig kleiner als ein Tennisplatz, sparsam mit modernen Skulpturen dekoriert, alle Wände weiß gestrichen. Der ovale Tisch aus hellem Holz, an dem die fünf auf weißen Freischwinger-Stühlen Platz genommen hatten, glänzte wie Wasser. Obwohl das Sonnenlicht ungefiltert durch die hohen Fenster fiel, herrschte angenehme Kühle, eine geräuschlos arbeitende Klimaanlage hielt die Raumtemperatur konstant.

Pol Dellis sah auf die Weltzeituhr an der Wand: gleich zwölf! Seit einer Stunde redete Jan Coster. Hin und wieder hatte Pol ein paar Worte auf seinem Schreibblock notiert und dabei immer kräftiger aufgedrückt. Er schätzte Jan sehr. Jan war ein fähiger Kopf und ein ausgezeichneter Finanzchef. Doch wenn man ihm Gelegenheit gab, über seine Pläne zu reden, überzog er maßlos. „Das Wichtigste in Kürze“, hatte er angekündigt und dann das. Kaum ein Experte fasste sich kurz, wenn er aufgefordert wurde, über seine Arbeit zu sprechen, doch Jan stellte sie alle in den Schatten. Pol war drauf und dran, dazwischenzufahren und Jan daran zu erinnern, wie viele hoch bezahlte Männer hier versammelt waren und wie viel Geld er gerade verbrannte.

Er wollte nicht ungerecht sein, die Materie war komplex. Aber musste Jan jedes Für und Wider so gründlich beleuchten? Pol vertraute seinem Finanzchef. Knappe Informationen würden ihm reichen. Seine Gedanken schweiften ab. Die Internationalisierung war ein hartes Geschäft. Bisher hatten sie es geschafft, erfolgreicher als die Konkurrenz auf die jeweiligen Landeskulturen einzugehen. Der Umsatz wuchs, wenn man auf die nationalen Besonderheiten in den Ländern Rücksicht nahm. Unter seiner Führung waren sie jetzt in ganz Europa gut vertreten und im Nahen Osten inzwischen auch. Eine wichtige Aufgabe hatten sie vorrangig zu lösen: Die Tochtergesellschaften mussten einheitlich über ihre Finanzen berichten, egal aus welchem Land. Die Eckdaten mussten schnell abrufbar und vergleichbar sein, sonst konnte er, Pol, den Konzern nicht steuern. Jan sollte das Konglomerat der verschiedenen, zum Teil selbst gestrickten Finanzbuchhaltungen der Töchter in ein für alle Länder verbindliches Rechnungswesen umwandeln. Das war eine Riesenaufgabe und erforderte einen klugen Kopf. Den hatte Jan. Leider musste man dafür seine Langatmigkeit in Kauf nehmen.

„Vielen Dank, gute Arbeit", sagte Pol, als der Finanzchef endlich zum Schluss kam. „Ich denke, wir haben verstanden. Deine Informationen sollten reichen, die Sache jetzt gleich zu verabschieden. Ein ehrgeiziger Plan. Wenn du deine Zeitvorgaben einhalten kannst, wird das eine beachtliche Leistung."

Jans Konzept wurde ohne Gegenstimme beschlossen. Die weiteren Punkte der Tagesordnung arbeitete Pol zügig ab. Er war überrascht, als Jan ihn am Schluss des Meetings um ein vertrauliches Gespräch bat.

„Die Sache ist zu heikel, als dass ich sie in größerem Kreis ansprechen würde", sagte er.

Jan berichtete, was seine Controller herausgefunden hatten: Die deutsche Tochtergesellschaft in Frankfurt war gut organisiert und geführt: das Rechnungswesen instand, das Umsatzvolumen beachtlich. Auch war das Neugeschäft nach Günters Tod nicht eingebrochen, wie es alle erwartet hatten. Das war eindeutig Hajo Eckerths Verdienst. Der Vorstand hatte sich ja im Grunde auch schon darauf geeinigt, dass sie Eckerth, entgegen dem ursprünglichen Plan, nun doch die Gesamtleitung von OM-Research in Frankfurt übertragen wollten.

„Jetzt haben meine Leute allerdings eine möglicherweise bedenkliche Entwicklung aufgezeigt: In letzter Zeit liegt der Gewinn der Frankfurter Gesellschaft stets unter dem Durchschnitt aller anderen Töchter." Jan Coster zupfte sich am Ohr, eine unbewusste Geste, auf die er stets verfiel, wenn er sich einer unangenehmen Situation ausgesetzt sah. Seine Leute hätten sich daraufhin genauer mit den Frankfurter Zahlen befasst, fuhr er fort.

Bei Betrachtung der einzelnen Projekte habe sich herausgestellt, dass die Margen seltsam gleichförmig aussahen. Bei den anderen Tochtergesellschaften gab es immer mal wieder Abweichungen und Ausreißer nach oben wie nach unten. Nicht so in Frankfurt. Einige wenige Projekte hatten mit Verlust abgeschlossen, die anderen wiesen alle zwischen vier und fünf Prozent Gewinn aus.

„Bei der Prosperität der Gesellschaft würde man fünfzehn oder zwanzig Prozent erwarten", sagte Jan. „Es sieht so aus, als ob unsere Freunde in Frankfurt einen Weg gefunden hätten, den Gewinn abzuschöpfen, bevor er in voller Höhe ausgewiesen werden kann."

„Habt ihr die Kosten überprüft? Haben sie zu viel Personal, zahlen sie zu hohe Gehälter?", fragte Pol.

„Liegt alles im Rahmen. Im Gegenteil, die Personaldecke ist knapp, sie fahren Überstunden, um ihre Aufträge abzuarbeiten. Die Gehälter der Forschungsleiter liegen ziemlich genau im Schnitt. Ich sehe nichts, was eine so niedrige Marge rechtfertigen könnte."

„Habt ihr geprüft, ob sie sich Luxus-Ausstattungen oder technischen Schnickschnack gegönnt haben?"

„Nichts da. Sie sind zweckmäßig, ausgesprochen sparsam ausgerüstet."

„Was schlägst du vor?"

„Revision, und zwar komplett und möglichst bald."

„Falls sich dein Verdacht bestätigt, will ich keine negative Presse. Das muss klar sein. Ein Betrug im Unternehmen zerstört das Vertrauen der Kunden. Du weißt, wie kritisch unsere Großkunden sind."

„Selbstverständlich läuten wir keine Glocke, wenn wir wirklich etwas aufdecken. Wir kommunizieren das intern. Wenn es hochkommt, schließen wir Frankfurt und verlagern das Geschäft auf die anderen. Der Schaden wird sich in Grenzen halten. Wir zeigen, dass wir wachsam sind und durchgreifen, wenn es sein muss. Die Töchter sehen, dass wir uns nicht reinlegen lassen. Ich halte es für absolut notwendig, im Fall der Fälle ein Exempel zu statuieren."

Pol Dellis blickte skeptisch, doch er nickte:

„Mach's, sobald du kannst.

# DIE TOTE IM KELLER

Am nächsten Samstag, morgens um halb sieben fuhr Carlo ohne Gedränge und Verspätung mit der S-Bahn nach Frankfurt zur Arbeit. Er saß allein im Abteil, ließ die Musik aus seinen Kopfhörern hämmern und sah zu, wie der Fahrtwind den Regen in flachen Wellen gegen die Scheiben drückte. Als die Bahn unter die Erde tauchte, betrachtete er die Kritzeleien, Löcher und Brandflecken auf den Sitzen. Ab und zu schlug er mit der Faust in die Luft, um den Rhythmus in seinen Ohren zu unterstreichen. Dass er so früh schon so gut drauf war, hatte nichts mit seinem Job zu tun, der würde todlangweilig sein. Doch später am Tag war er mit Catherine verabredet. Sie wollte mit ihm auf den Feldberg fahren in ihrem kleinen roten Flitzer, den sie Carlo bereitwillig steuern ließ. Allerdings hatten sie im Radio für den ganzen Tag Regen vorhergesagt. Bei dem Wetter würden sie in Catherines kleiner Wohnung am Westhafen bleiben. Nicht dass er darüber traurig gewesen wäre!

Anne Padberg war übers Wochenende verreist. Sie hatte ihn beauftragt, pünktlich um sieben im Keller zu sein, um eine Kuriersendung in Empfang zu nehmen. Die Lieferung hatte ein Zeitfenster von vier Stunden. Schlimmstenfalls musste er also bis 11 Uhr warten. Es würde sich um „Paper & Pencil Interviews“ handeln, die er nach Vorgaben, die Anne für ihn aufgelistet hatte, sortieren und umgehend im Haus weiterleiten sollte. Diese Art von Interviews, bei denen die Antworten von Hand auf Papierbogen eingetragen wurden, kam heute kaum noch vor, alles lief über Computer. Anne hatte ihm mehrfach erklärt, wie die Fragebogen aufgeteilt werden müssten und zu wem er sie für die weitere Bearbeitung bringen sollte. Schließlich hatte sie, damit er ja keinen Fehler machte, alles noch einmal für ihn aufgeschrieben und die Liste auf seinem Tisch in der Ecke deponiert. Carlo fand das übertrieben, so schwierig war das nun auch wieder nicht.

„Wehe, du verpasst den Kurier. Komm bloß nicht zu spät. Sonst hast du das letzte Mal für mich gearbeitet", hatte sie gedroht. So wichtig war ihr dieser Transport, dass sie eine Pauschale zahlte, die dem doppelten Stundensatz entsprach. Leicht verdientes Geld, das seinem Konto guttun würde.

Samstags war die Tür, die vom Hof zum Keller führte, abgeschlossen. Carlo öffnete mit einem der Schlüssel, die Anne ihm schon vor zwei Tagen gegeben hatte, freitags arbeitete er ja nicht bei ihr. Wegen der Sicherheit hatte sie ein Riesenbrimborium gemacht. Dass er alles wieder sorgfältig abschließen müsste, hatte sie mindestens dreimal gesagt.

Carlo folgte dem Endlospfeil entlang der Notbeleuchtung zur Versandhalle. Heute mischte sich der Geruch von verrostetem Eisen in den kalkigen Luftzug, aber er achtete nicht weiter darauf. Nach kurzem Probieren fand er den richtigen Schlüssel und öffnete die Tür. Total dunkel. Mit der Handkante fuhr er über die Schalter an der Wand und kippte einen nach dem anderen herunter. Ohne zu flackern, leuchteten die entsprechenden Röhren der Reihe nach auf, bis die Höhle vollständig erleuchtet war.

Carlo tat zwei Schritte, dann stoppte er. Sein Atem setzte für einen Moment aus. Erbarmungslos und voll ausgeleuchtet brannte sich ein unwirkliches Bild in sein Gehirn: GeZehnDe, der kleine gelbe Gabelstapler, hatte eine Frau in den Wochenplan gerammt. Vor der zerborstenen Tafel hing sie, in die Wand gespießt, mit dem Gesicht zu ihm. Abgestoßen und angezogen zugleich, schlich Carlo näher. Erst jetzt erkannte er die Tote, es war die Feldleiterin, Traudel Sommer. Das Gesicht wächsern. Der helle Anzug überall schwarz von Blut. Auf dem Fußboden eine dunkle Lache.

Plötzlich wusste er, woher der rostige Geruch kam, den er schon im Kellergang eingeatmet hatte. Carlo würgte. Mit nachgebenden Knien stürzte er zurück durch den Flur. Hektisch öffnete er die Tür nach draußen und übergab sich in einen Kübel mit vertrockneten Blumen im Hof.

Wie lange er jetzt hier im Flur auf der Treppe saß, war ihm nicht bewusst. Nachdem er seinen Notruf losgeschickt hatte, waren sehr schnell zwei uniformierte Polizisten aufgetaucht. Sie wollten, dass er ihnen zeigte, was passiert war. Zack! Schon beim Gedanken an die zwei Polizisten stand ihm wieder das grauenvolle Bild der toten Feldleiterin vor Augen, egal ob er die Augen offen hielt oder sie zusammenkniff.

Er weigerte sich, die beiden hinzuführen. Schließlich folgten sie ohne ihn dem Pfeil, war ja gar nicht zu verfehlen. Kurz darauf ging es los: Jede Menge Autos fuhren in den Hof. Ein Gewusel von Uniformierten, Nicht-Uniformierten und Leuten in weißen Plastikanzügen bewegte sich in und um den Keller. Mindestens dreien von ihnen musste er ganz genau schildern, wie er die Feldleiterin gefunden hatte, immer wieder beantwortete er dieselben Fragen: Ja, die Tür war abgeschlossen, der Schlüssel zwei Mal im Schloss gedreht, das Licht war aus. Nein, er hatte nichts angefasst, nur ein paar Schritte war er in die Halle hineingegangen. Wie weit genau? Keine Ahnung. Misstrauisch erkundigten sie sich, was er denn am Samstag überhaupt hier zu tun hätte, ganz allein im Keller.

Ging das jetzt schon wieder mit den Verdächtigungen los?

Als der Kurier mit den Paketen eintraf, bestätigte der zum Glück den Grund für Carlos Anwesenheit. Der Kurier war so neugierig, dass er beinahe die Kellertreppe heruntergefallen wäre, bevor er sich wieder auf den Weg machte.

In dem ganzen Durcheinander kreuzte irgendwann Hajo Eckerth auf, anscheinend hatten sie den Geschäftsführer herbeigerufen, damit er ihnen den Laden erklärte. Inzwischen hatte Carlo seine ganze Packung Zigaretten aufgeraucht. Er hockte umgeben von Paketen auf der Treppe und versuchte, sich zu erinnern, wohin er die Papier-Interviews bringen sollte.

Sein Gehirn war wie leergefegt, weder die Namen noch das Stockwerk fielen ihm ein. Der Zettel, auf dem Anne alle Informationen notiert hatte, lag im Keller auf seinem Tisch in der Ecke, wo er ganz sicher nicht nachsehen würde. Die Sendung war ihm jetzt völlig egal. Doch Annes Mahnungen und Drohungen wirkten nach, irgendwann fiel ihm ein, dass sie im CATI samstags regelmäßig einen „Omnibus“ hatten, meist mit großer Besetzung. Er rief Otto an und erklärte ihm die Lage.

Der tauchte wenig später bei ihm auf. Er würde sich um alles kümmern, sagte er.

„Du stehst unter Schock, Kerle! Bist ja ganz bleich! Geh alsemal nuff und nemm derr en Kaffee!“

Carlo nickte. Dass Otto ins „Frankforderische“ fiel, zeigte, wie aufgeregt er war, äußerlich merkte man keine Veränderung, er war sowieso immer in Hektik.

Als Carlo aufstand, sah er mit Schrecken, wie sich aus dem eben im Hof vorgefahrenen Opel Zafira ein hochgewachsener Mann herauswand. Verbeulter Tweed-Anzug, Schnurrbart, Fliege – unverkennbar. Der hatte ihm gerade noch gefehlt! Eilig machte sich Carlo über die Treppe Richtung CATI davon.

Als er die Tür zum Saal öffnete, schlug ihm das vertraute Summen und Brummen der Telefongespräche entgegen. Gut zwei Drittel aller Plätze waren besetzt. Für kurze Zeit verdrängten der gewohnte Anblick und der Klang der Stimmen die grässlichen Bilder aus Carlos Kopf. Die Interviewer schienen alle in derselben Tonlage zu sprechen: unaufgeregt, höflich, nicht zu laut. So wie es die Feldanweisung verlangte. Während er an den gelben Plexiglaswänden der Telefonplätze vorbeispazierte, schnappte er die oft gehörten Fragen immer wieder auf. Dabei klangen die hellen weiblichen Stimmen deutlicher als die Männerstimmen aus dem Grundsummen heraus.

„ …stimme zu? … weder noch? …voll und ganz? … die Person, die zuletzt Geburtstag hatte? … es dauert wirklich nur fünfzehn Minuten …“, wie ein Kanon.

Schon nach wenigen Schritten wusste Carlo, dass ein „Omnibus“ lief, wie er vermutet hatte. Bei dieser Methode wurden die Themen mehrerer Kunden in ein und demselben Interview abgefragt. Auf diese Weise senkte man für den einzelnen Kunden die Kosten – man quetschte die verschiedensten Fragen zusammen rein. Dabei musste man als Interviewer ganz schön was drauf haben, um die angerufene Person bei der Stange zu halten, bis man mit sämtlichen Themen durch war.

Plötzlich überkam Carlo die absurde Befürchtung, jeden Moment die Feldleiterin mit ihrer durchdringenden Stimme fragen zu hören, was er hier zu suchen hätte, und er beschleunigte unwillkürlich seine Schritte.

Im Pausenraum stand die gewohnte Ordnung Kopf. So schnell ging das. Niemals hätte die Sommer zugelassen, dass so viele Interviewer gleichzeitig zur besten Anrufzeit des Tages Pause machten. Die Bude war total verqualmt. Was war mit dem Rauchverbot passiert? Alle schwatzten durcheinander.

Als Carlo in der Tür erschien, verstummte einer nach dem anderen, bis Stille eintrat. Sie starrten ihn an.

Die Kleine mit dem Wuschelkopf, die sie „Äffchen“ nannten, brach schließlich das Schweigen: „Bist du okay?“, fragte sie und räusperte sich, als ob sie einen Kloß im Halse hätte. „Komm, setz dich“, sagte sie dann forsch, um ihre Beklommenheit zu überspielen. „Erzähl uns, was passiert ist.“

Carlo stand der Sinn nicht nach Erzählen, aber er nickte und setzte sich. Gleich mehrere Hände mit Zigarettenpäckchen streckten sich ihm entgegen. „Willst du Kaffee?“

„Hier, nimm Gummibärchen. Sind gut für die Nerven!" Dann überfielen sie ihn mit ihren Fragen. Ganz genau wollten sie wissen, wie und wo er die Leiche der Feldleiterin entdeckt hatte und wie er sich dabei gefühlt hatte.

Zuerst weigerte er sich, Details zu berichten, doch bald merkte er, dass es ihn erleichterte, über das Erlebte zu reden, ohne befürchten zu müssen, dass er sich verdächtig machte. Alle spekulierten wild, wer es getan haben könnte. Derselbe wie bei Sonja? Das läge doch auf der Hand! Die meisten tippten auf Fritz. Nach dem Auftritt der Feldleiterin im Keller hatten sich die beiden im CATI ein Wortduell mit Anschreien geliefert. Noch jetzt ergötzten sich die versammelten Interviewer an dieser Szene. Fritz war wutschnaubend abgezogen, und die Sommer hatte mit den Türen geknallt. Das wäre der Auftakt der Geschichte gewesen, meinten sie. Nur Äffchen hielt dagegen. Die winzige dunkelhaarige Interviewerin lebte in derselben Wohngemeinschaft wie Fritz. Ihren Spitznamen hatte sie, weil sie ihre Beine nie rasierte, ungeniert behaart und in Shorts kam sie den ganzen Sommer über zum Telefonieren. Sie verteidigte Fritz, regte sich furchtbar auf, weil alle auf ihm rumhackten. Er sei der friedlichste Mensch, den sie kenne! Als ein Mitbewohner ihr später eine SMS schickte und schrieb, dass Fritz verhaftet worden sei, brach sie in Tränen aus. Und das allgemeine Geschwätz setzte heftiger ein als zuvor.

Mit einem Krach flog die Tür auf. Otto kam herein. Seine sonst sorgfältig über die Glatze gekämmten Haare standen nach hinten und zur Seite ab, er blickte für seine Verhältnisse wild um sich. Doch er hatte sich schon wieder so weit gefasst, dass er Hochdeutsch sprach:

„Was ist denn hier los? Seit ihr übergeschnappt? Habt ihr denn kein bisschen Respekt für die tote Frau? Ihr solltet euch was schämen!“

Betreten sahen die Interviewer ihn an.

„An die Arbeit, aber sofort!“, fauchte Otto.

Einer nach dem anderen drückte sich an ihm vorbei durch die Tür. Auch Carlo stand auf.

„Du bleibst hier. Der Kriminalrat hat mit dir zu reden. Da kommt er schon.“

Ergeben sank Carlo zurück auf seinen Stuhl. Mit einem freundlichen Gruß nahm der Mann im Tweed-Anzug Platz, nicht ohne sich vorher höflich bei Otto für seine Unterstützung zu bedanken. Er überschlug die Beine, lehnte sich entspannt zurück, blickte Carlo wortlos an. Carlo blieb stumm. Den Trick wandte er selbst manchmal an: Du schweigst so lange, bis der andere es nicht mehr aushält und von selbst anfängt zu reden. Wirkt bei mir nicht, Herr Kriminalrat!

Lorenz fischte ein winziges Kämmchen aus der Brusttasche seines Sakkos, verschränkte die Arme und kämmte seinen Schnurrbart – die eine Hälfte nach links, die andere Hälfte nach rechts.

„Dann erzählen Sie mal“, sagte er.

Carlo blieb nicht anders übrig, als die ganze Geschichte noch einmal zu berichten. Verwundert stellte er fest, dass es ihm doch wieder leicht, fiel unter Lorenz’ verständnisvollen Blicken zu reden, obwohl er inzwischen genau wusste, wo das hinführen sollte.

Am Ende überraschte ihn der Kriminalrat jedoch: Statt Fragen zu stellen, bedankte er sich freundlich. „Sie wollen nach Hause“, sagte er. „Gehen Sie nur. Gehen Sie nur. Erholen sie sich von diesem Schrecken.“

Carlo fühlte sich wie gerädert. Erst auf der Heimfahrt in der S-Bahn fiel ihm ein, dass er Catherine total vergessen hatte. So ein Mist! Er sprang auf. An der nächsten Haltestelle stieg er aus und nahm wenige Minuten später den Gegenzug zurück nach Frankfurt.

# TATVERDÄCHTIGE

Am Sonntag, dem Tag nach seinem grausigen Fund, feilte, bohrte und schraubte Carlo in der Garage. Alles Mögliche fing er an, brachte jedoch nichts zu Ende. Immer wieder kreisten seine Gedanken um Sonja und die Feldleiterin. Bestand da wirklich ein Zusammenhang, wie alle dachten? Hatte Fritz die beiden umgebracht? Aber warum? Die Feldleiterin, okay, auf die war Fritz sauer. Allerdings fand Carlo ihn beim Bier im Hauptbahnhof eher resigniert. Vielleicht trotzig und beleidigt, aber nicht so beleidigt, dass er hingehen und die Sommer umbringen würde, oder doch? Schon sah er sie wieder an die Wand gepinnt vor sich! Carlo griff nach einem Blech und hämmerte wild darauf ein. Irgendwie musste das Bild aus seinem Kopf verschwinden!

Er nahm eine Bewegung hinter sich wahr und blickte auf. Fritz stand in der Tür. Ganz langsam legte Carlo den erhobenen Hammer auf die Werkbank.

„Ich habe geklopft!" Fritz streckte abwehrend die Hände vor. Als ob Carlo auf ihn losgehen wollte!

„Was machst du hier?"

„Deine Oma hat mich reingelassen."

„Ich denke, du sitzt?"

„Wer sagt denn so was?"

„Sie haben dich nicht abgeholt?"

„Doch. Wie bei der Stasi! Fehlte nur noch, dass sie mir Handschellen angelegt hätten. Ich wusste gar nicht, was das sollte, ich war noch im Bett."

„Setz dich."

„Wohin?“

„Dreh die Holzkiste um.“ „Die Polizei hat mich verhört, nein ‚vernommen‘, weil ich Stunk mit der Sommer hatte. Du glaubst es nicht, der reinste Irrsinn: Die Tür zum GeZehnDe ist mit meiner Code-Karte geöffnet worden!“

„Was?!“

„Natürlich habe ich denen gesagt, dass ich die Karte verloren habe, und du kannst das bezeugen. Also wunder dich nicht, wenn sie bei dir auftauchen. Oder waren sie schon da?“

Carlo schüttelte den Kopf.

„Ich darf die Stadt nicht verlassen. Hab ich gar nicht vor. Ich sage dir, Carlo, so was hast du noch nicht erlebt!“

Bevor Carlo ihn eines Besseren belehren konnte, fuhr er schon fort: „Anscheinend ist die Sommer am Freitag umgebracht worden, nachmittags oder am frühen Abend. Gott sei Dank war ich Freitag die ganze Zeit im ‚Regenbogen‘. Dafür gibt's Zeugen! Jetzt versuchen die Kommissare, mir zu beweisen, dass ich zwischendurch mal weg bin: die Sommer kurz abgemurkst, dann wieder zum Regenbogen zurück. Wahnsinn!“

„Hat dich der Typ mit dem Schnurrbart durch die Mangel gedreht?“

„Der ging ja noch, der kam erst später dazu. Die anderen beiden waren aber so was von aggressiv! Ich dachte schon, die lassen mich nicht wieder gehen.“

Fritz sprang auf und wanderte vor den Regalen hin und her – ab und zu befingerte er ein Teil, schien das aber gar nicht zu bemerken.

„Auf mich haben die sich eingeschossen. Ich meine, na klar, ist ja offensichtlich: Alle erzählen, wie ich Zoff mit der Sommer hatte. Scheißbande! Als ob ich auf die Sommer angewiesen wäre. Und dann mit dem GeZehnDe. So was könnte ich gar nicht! Das sah bestimmt gruselig aus!"

„Hör bloß auf! Ich will nicht mehr dran denken!"

„Hing sie wirklich an der Wand? Aufgespießt?"

Carlo sah ihn böse an.

„Bin ja schon still Mann ... Also ich glaube, dass es einer von der Freitagscrew war. Diese Typen, die die Padberg dienstags und freitags einsetzt, die sind doch sinister."

„Wie kommst du darauf?"

„Keiner kennt die. Sie arbeiten nur für die Padberg, alle anderen arbeiten mal im CATI, mal im Studio, hin und wieder im Keller, nur diese Typen triffst du nirgends. Hast du schon mal mit einem von denen gesprochen? Na bitte! Lauter Aliens."

„Was machen die überhaupt?"

„Keine Ahnung. Otto hat mal angedeutet, dass die da unten ein Panel für einen Großkunden laufen haben. Einer von den ‚fast moving consumer goods', irgendwas total Neues, du weißt schon, ist natürlich top secret."

„Wirklich seltsam."

„Sag ich doch! Also ich wette, einer von denen war's."

„Hast du das der Polizei gesagt?"

„Ich hab's versucht. Die haben mich abgewürgt. Das sollte ich ihnen überlassen, am Freitag hätte gar keiner im Keller gearbeitet. Glaubst du das?"

„Anne war Freitag verreist."

„Du hast ja auch am Samstag gearbeitet, obwohl sie nicht da war. Einer von denen muss es gewesen sein. Einer von denen hat meine Code-Karte im Keller gefunden. Wahrscheinlich ist sie dir rausgefallen, als du die Jacke mitgenommen hast."

„Jetzt bin ich auch noch Schuld oder was?“ „Sei doch nicht so empfindlich! Könnte doch so gewesen sein.“

„Hm.“

„Ist doch logisch! Wenn du Montag hingehst, schau mal in Annes Notizbuch, da stehen alle drin, die für sie arbeiten.“

„Keine zehn Pferde bringen mich da wieder rein!“

„Du stellst dich an.“

„Hör mal, ich hab sie gefunden! Das hat mir gereicht!“

„Glaub ich ja, Mann. Es wär aber wichtig!“

„Was versprichst du dir davon?“

„Ich will nicht eingelocht werden für was, das ich gar nicht getan habe. Wenn die Polizei nicht von selbst aktiv wird, dann muss ich sie eben mit der Nase drauf stoßen.“

„Warum sollte einer von denen die Sommer umgebracht haben? Mit denen hatte die doch gar nichts zu tun.“

„Vielleicht hat sie einen beim Klauen erwischt oder beim Spionieren für die Konkurrenz, ist doch möglich.“

„Deswegen bringt er sie um?“

„Genau. Du musst Annes schwarzes Notizbuch holen, das hat sie immer in ihrem Schreibtisch, in der obersten Schublade liegen. Dann finden wir raus, wer die sind. Da steht alles drin.“

„Warum holst du es dir nicht selbst?“

„Ich hab Hausverbot!“

„Nicht von Anne. Mir hat sie gesagt, dass sie den Quatsch, den die Sommer über dich und den Kurier erzählt, überhaupt nicht glaubt.“

„Echt?“

„Wenn ich's dir sage!“

„Ich weiß nicht, ob das so gesund ist, wenn ich da runter gehe. Alle halten mich doch für den Mörder. Wenn Anne mich sieht, ruft sie gleich die Polizei. Es wäre schon besser, wenn du …“

„Kommt überhaupt nicht infrage! Die Polizei kann dir doch gar nichts wollen, wenn du die ganze Zeit im ‚Regenbogen‘ warst.“

„Du weißt ja nicht, wie das ist, wenn sie dich so fertigmachen, dass du selbst fast glaubst, dass du es warst.“

„Doch. Weiß ich. Der Typ mit dem Schnurrbart behauptet, dass ich Sonja umgebracht hätte. Angeblich spricht alles dafür.“

„Du?“ Fritz sah ihn nachdenklich an.

„Jetzt fang du auch noch an!“

„Blödsinn. Das ist ihre Methode. Ein Trick. Sie setzen jeden unter Druck und hoffen, dass einer zusammenbricht und gesteht. Jetzt mal ehrlich, Carlo, warst du’s oder nicht?“

„Verschwinde!“

„War doch nur ein Scherz!“

Carlo griff genervt nach seinem Hammer. „Ich will die Sache aus meinem Schädel rauskriegen.“

„Ich wüsste, wie du das hinkriegst: Wir zwei gehen zusammen einen trinken. Ich kann dich auf ganz andere Gedanken bringen, versprochen!“

Carlo sah ihn an, ohne eine Miene zu verziehen.

„Na gut, aber du verpasst was“, murmelte Fritz und verschwand.

# DIE REVISION

Sie kamen am Montagmorgen pünktlich um acht. Zwei junge Männer in smarten Anzügen und zwei gediegen wirkende Herren mittleren Alters. Jeder trug einen Laptop – nur der Jüngste trug zwei, außer seinem eigenen auch noch den seiner Chefin. Sie ging voran und öffnete ihnen schwungvoll die Türen. Auf ihren Stilettos schritt sie daher, als wäre sie mit solchen Schuhen geboren. Dezent betonte das Kleid aus schiefergrauem Tuch ihre Figur. Die eindrucksvolle Korallenkette um ihren Hals hatte sicher ein Vermögen gekostet, falls sie echt war.

Gegenüber Frau Maurer, der Chefsekretärin, wies sie sich als Madame Duplois, neue Leiterin der Revision der OM-Zentrale in Brüssel, aus. Dann erteilte sie ihre Anweisungen ebenso entschieden wie verbindlich. Ein männliches Gespann aus Jung und Alt entsandte sie in die Buchhaltung und das andere Paar zur IT. Sie selbst nahm im Besuchersessel des Vorzimmers Platz, um auf Hajo Eckerth zu warten.

„Sie arbeiten seit zwölf Jahren hier, Frau Maurer?", fragte sie.

„Ja, genau. Ich war schon bei der Vorgängerfirma, als sie von OM-Research übernommen wurde."

„Dann kennen Sie das Unternehmen von uns allen ja am besten."

Frau Maurer lächelte fein. „Darf ich Ihnen einen Kaffee anbieten?", fragte sie vorsichtig.

„Sehr gern." „Sind Sie hier wegen dem Mord an der Feldleiterin?"

„Nein. Dies ist eine ganz normale Revision, mit dem Mord befasst sich die Polizei."

„Herr Eckerth kommt meistens kurz nach neun."

„Dann haben wir beide Zeit, uns zu unterhalten. Ihr Arbeitsalltag verläuft wieder normal?"

„Wie meinen sie das?"

„Nach dem tödlichen Unfall im Montafon war die Zusammenarbeit mit ihrem Chef ja nicht einfach."

„Das wissen Sie?"

„So was spricht sich herum."

„Manchmal habe ich befürchtet, dass er zusammenbricht, die beiden waren beste Freunde. Er war zeitweise überhaupt nicht ansprechbar, wie gelähmt, aber dann hat er sich einen Ruck gegeben."

„Jeder braucht Zeit, um einen solchen Schock zu verarbeiten."

„Man könnte meinen, dass ein Fluch auf uns liegt."

„Wegen der Morde?"

„Es ist schon unheimlich: erst die Sonja, dann die Feldleiterin. Jetzt muss man sich fürchten, die nächste zu sein."

„Wieso das?"

„Ich weiß, es ist nur Zufall, aber unheimlich ist es trotzdem."

„Was meinen Sie?"

„Sehen Sie die automatische Anzeige an der Wand, vor meinem Schreibtisch? Links die Forschungsleiter, rechts Verwaltung und Feld. Das Lämpchen für Frau Sommer liegt direkt über dem von Sonja Wessing und meins kommt als nächstes", sie lachte nervös. „Ich sehe schon Gespenster."

„Zufall, wie Sie gesagt haben. Alphabetische Ordnung. Hätten Sie noch eine Tasse Kaffee für mich?

Wie funktioniert denn diese Anzeige, und was machen Sie damit?“

Frau Maurer beschrieb die Vorzüge des neuen Zeiterfassungssystems in allen Einzelheiten, Madame Duplois hörte ihr aufmerksam zu.

Als Hajo Eckerth schließlich eintraf, saßen die beiden Frauen einträchtig plaudernd und immer noch Kaffee trinkend zusammen am Besuchertisch des Vorzimmers. Ausgebreitet zwischen ihnen lagen die Zeitkonten der Mitarbeiter und eine Aufstellung ihrer Zugangsberechtigungen.

Die Sekretärin hatte keine Chance gehabt, den kommissarischen Geschäftsführer zu warnen, Madame Duplois hatte sie nicht aus den Augen gelassen und sie beschäftigt, bis Hajo eintraf. So erhielt sie Gelegenheit zu sehen, wie wandlungsfähig der Gesichtsausdruck ihres Vorgesetzten war. Von freundlich neutral, leicht erstaunt über charmanten Besuch am frühen Morgen, bis zu ungläubig entsetzt, als Madame Duplois sich vorgestellt und den Zweck ihres Besuches genannt hatte.

Eckerth öffnete die Tür zu seinem Büro, bot der Dame einen Platz in der Sitzecke an, eilte zurück ins Vorzimmer, bestellte Kaffee, Tee, Kekse. „Schnell, schnell!“, setzte sich seinem Gast gegenüber und merkte erst jetzt, dass er die ganze Zeit seine schmale Ledertasche festhielt. Madame Duplois sah ihm schweigend zu.

„Wir hatten einen Mord.“, sagte er mit betont betretener Miene. „Am Freitag wurde Traudel Sommer, unsere Feldleiterin, ermordet.“

„Ich weiß. Pol Dellis hat uns noch am Samstag informiert. Wir haben beschlossen, unseren Revisionsplan trotzdem einzuhalten.“

„Die Polizei wird heute im ganzen Haus sein. Sie werden alle, die am Freitag hier gearbeitet haben, vernehmen. Heute ist ein äußerst ungünstiger Tag für den Start Ihrer Revision.“

Er stand auf und legte seine Tasche auf den Schreibtisch.

„Ich schlage vor, Sie fangen morgen an“, sagte er „Bis dahin wird sich die Aufregung im Hause gelegt haben, dann können Sie vernünftig arbeiten. Ich würde mich freuen, Ihnen heute im Laufe des Tages Frankfurt zeigen zu dürfen.“ Was für ein lahmer Versuch! Sein Gehirn arbeitete nicht, er musste etwas unternehmen.

Wie befürchtet, lehnte Madame Duplois dankend ab. Als sie ihm erklärte, dass ihre Mitarbeiter bereits mit der Arbeit begonnen hatten, sank sein Kinn herunter, so dass sein Lächeln verrutschte.

„Wir sollten gleich mit der Arbeit beginnen“, fuhr Madame Duplois nach kurzer Pause fort. „Ihre Sekretärin war so freundlich, mir schon einige Unterlagen herauszusuchen. Ich fange immer mit den Unterschrifts- und Zugangsberechtigungen an, dann weiß ich, wen ich ansprechen muss, wenn es etwas zu klären gibt. Vielen Dank, Frau Maurer“, sagte sie freundlich. „Für mich jetzt keinen Kaffee mehr.“

Hajo Eckerth blickte in die Wolken, die den Büroturm heute umgaben. Feine Tröpfchen perlten auf den Scheiben. Er nahm es nicht war, wie in Trance dachte er immer nur: Zeschik muss weg, er muss sofort weg. Gott verdammt, nur noch eine halbe Stunde! Für zehn waren sie verabredet, auf keinen Fall durfte Zeschik hier auftauchen! Garantiert würde sie wissen wollen, wer dieser seltsame Typ war. Sie war clever, würde sich bestimmt nicht so einfach mit irgendetwas abspeisen lassen.

Er riss sich zusammen. Nur nichts anmerken lassen, ihr entgegenkommen, sie mit Material überschütten. Wenn sie beschäftigt war, würde er sich kurz eine Auszeit nehmen, festbinden konnte sie ihn schließlich nicht. Von der Herrentoilette aus würde er Zeschik anrufen und ihn wegschicken, er durfte sich auf keinen Fall hier blicken lassen.

Kurz dachte er an eine weitere Gefahr: die Sache mit den Interviewer-Rechnungen auf der Online-Studie, wo eigentlich überhaupt keine Interviewer auftauchen dürften. Dieser Fehler, den die neugierige Buchhalterin entdeckt hatte, hing über ihnen wie ein Damoklesschwert. Jetzt bereute er, dass er nicht auf Günter gehört und die Geschichte längst beendet hatte. Wenn sie nur einen Hinweis fanden, war es aus! Sobald sie einen einzigen Ansatzpunkt hatten, würden sie alles andere aufdecken – seine ganze Arbeit, all die Mühe umsonst ... Doch dann schüttelte er den Gedanken ab. Er brauchte das Geld. Warum sollten sie ausgerechnet diesmal etwas finden? Vorzeitig einzuknicken war unklug. Die Chancen, dass seine Manipulationen nicht erkannt wurden, standen gar nicht schlecht! Ach was, er war sicher, sie würden nichts finden. Der Fehler, den Sonja entdeckt hatte, war kein zweites Mal passiert. Seine Lebensgefährtin hatte alle Online-Studien überprüft, auf keine andere hatte sie Interviewer-Kosten gebucht. Bis auf dieses eine Mal hatte sie perfekt gearbeitet. Nur dieses eine Projekt durfte die Revision nicht zu genau überprüfen. Die verräterischen Beträge standen unverrückbar, keine Chance, sie ohne Aufsehen zu korrigieren. Doch warum sollte die Revision ausgerechnet diese Kosten prüfen? Sie würden Stichproben analysieren. Unwahrscheinlich, dass sie genau dieses eine Projekt herausziehen würden. Selbst wenn sie es fanden, könnte er behaupten, dass es ein Versehen war. Warum regte er sich überhaupt so auf? Alles war bestens. Diese Revision würde nicht anders verlaufen als ihre Vorgänger. Sein einziges Problem war, Zeschik rechtzeitig zu erreichen und nach Hause zu schicken. Die Maurer konnte er nicht einschalten, zu gefährlich!

Ganz ruhig, ganz ruhig, deck sie ein, schütt sie zu mit Material, gib ihr zu tun, dann wird es schon klappen, sagte er sich im Stillen.

Eckerth setzte sich an seinen Schreibtisch und sah der Revisorin in die Augen.

„Dann fangen wir am besten gleich an“, sagte er.

# ZURÜCK IM KELLER

Carlo tauschte die Seiten der Tageszeitung über dem Küchentisch mit Oma Luise. Für einen Moment erfüllte nur das Rascheln von Papier den Raum. Dann hörte man wieder das eifrige Ticken der kleinen Jugendstiluhr an der Wand. Er sah aus dem Fenster. Immer noch Nieselregen. Irgendwann musste es doch mal wieder aufhören! Wenigstens eine Zigarette lang.

Für ihre Verhältnisse war Oma Luise heute spät aufgestanden, sie beide hatten sogar zusammen gefrühstückt. In der Küche hing noch ein leichter Duft von gebratenem Speck. Oma hatte ihn verwöhnt, selbst Kaffee hatte sie für ihn gekocht. Sie behandelte Carlo, als ob er krank wäre. Leider schloss ihr Verwöhnprogramm die Erlaubnis nicht ein, hier drinnen zu rauchen.

An diesem verregneten Tag hatten sie beide nichts vor. Selbst für Oma war der Garten zu nass, um darin zu arbeiten. Carlo würde bei OM-Research zwei, drei Wochen Pause einlegen. Der Schreck saß ihm zu tief in den Knochen. Nur ganz langsam verblasste das Bild in seinem Kopf. Er versuchte so wenig wie möglich an die tote Feldleiterin zu denken, deshalb widmete er sich der Zeitung heute intensiver als sonst. Ausführliche Sportberichte im Lokalteil hatten ihn bis jetzt gut abgelenkt. Nun überflog er, deutlich weniger interessiert, die Seiten über Wirtschaft und Finanzen, die er von Oma Luise übernommen hatte.

Beide fuhren zusammen, als ein Raubtierschrei, der Klingelton von Carlos Handy, die Stille zerstörte. Anne Padberg meldete sich. Sie versuchte, Carlo davon zu überzeugen, dass er ihr zur Hilfe kam.

„Unsere Kunden erwarten trotz allem, dass wir die Termine einhalten“, sagte sie. „Allein schaffe ich das nicht. Ich kann mir vorstellen, dass du geschockt bist, mein Lieber, ich bin es auch. Aber glaub mir, Arbeit ist die beste Therapie.“

Carlo sagte nichts.

„Die Putzmänner waren schon hier“, fuhr sie fort. „Man merkt überhaupt nichts mehr, der Keller sieht aus wie neu.“

„Ich kann nicht, Anne, wenn ich nur daran denke, dass ich in den Keller soll, dreht sich mein Magen um.“

„Keine Angst, das geht vorbei, wenn du erstmal hier bist.“

Als Carlo darauf nicht antwortete, fügte sie hinzu: „Ich sage es ungern, du schuldest mir noch ziemlich viel Geld.“

Carlo wechselte ins Wohnzimmer und schloss hinter sich die Tür. Besser, Oma Luise bekam nicht mit, worum es hier ging. In den letzten Wochen hatte Anne ihm ab und zu mit einem Hunderter ausgeholfen, das summierte sich ganz schön. Jedes Mal hatte sie ihm klargemacht, dass sie ihr Geld bald zurückhaben wollte. Aber auf seinem Konto war wieder mal Ebbe. Unwillig sagte er zu: Ja, er würde kommen. Ja, ja, jetzt gleich.

Eine Weile blätterte er noch in der Zeitung, dann raffte er sich auf, holte den iPod aus seinem Zimmer und machte sich, trotz der energischen Einwände von Oma Luise, auf den Weg zur S-Bahn und zu OM-Research. Unterwegs stöpselte er die Ohrstecker ein und drehte die Lautstärke hoch. Der Lärm von *Metallica* – dumpf, dunkel, explosiv – entsprach genau seiner Stimmung. „Can't tell if this is true or dream deep down inside I feel to scream", sang Frontmann James Hetfield mit seiner tiefen, kraftvollen Stimme. Am liebsten hätte Carlo dazu auf irgendwen, auf irgendewas, auf überhaupt alles rundherum einschlagen! Doch er begnügte sich damit, den Rhythmus mit der rechten Faust in seine linke Handfläche zu hämmern.

Um diese Tageszeit fuhren nur wenige Passagiere mit der Bahn, das Abteil war fast leer. Die beiden Frauen, die in seiner Nähe saßen, verständigten sich mit einem Blick und verzogen sich auf die zwei von Carlo am weitesten entfernten Plätze.

Als er schließlich das Hochhaus erreichte und die Kopfhörer abnahm, summten ihm die Ohren. Erschöpft, aber dennoch irgendwie entspannt von der ohrenbetäubend lauten Musik, folgte er dem grau-weiß-roten Pfeil.

Die Luft roch sauber, gewohnt kalkig. Trotzdem zog sich Carlos Magen mehr und mehr zusammen, je näher er der Versandhalle kam. Sein Körper versteifte sich in Abwehr des bevorstehenden Anblicks, von dem er zwar wusste, dass er nicht da war, der ihn aber trotzdem innerlich quälte.

In der Halle war von dem blutigen Mord tatsächlich keine Spur mehr zu sehen, selbst die Wand war bereits frisch getüncht worden. Eine andere Tafel, ohne die bunten Steckkarten, hing an der Stelle des zerborstenen Plans. Heute war die Beleuchtung nicht so grell wie am Samstag, aber auch nicht so schummrig wie sonst, alles wirkte neutral und sauber. Carlo lockerte seine Schultern.

Annes Bürotür stand offen, sie hatte ihn gehört und rief ihn zu sich.

„Setz dich erst mal. Ich bin wirklich froh, dass du da bist. Zigarette?“, sie streckte ihm ihre Packung Mentholzigaretten entgegen.

Carlo lehnte dankend ab. „Hab noch eine von meinen“, sagte er. Schlimm genug, das Zeug zu riechen. Anne nickte nachsichtig lächelnd, sie kannte seine Abneigung gegen Menthol.

Carlo gab ihr Feuer, zündete sich selbst seine Letzte an und warf die Packung in den frisch geleerten Papierkorb. Nachdem beide mit Bedacht ein paar Züge geraucht hatten, fragte Anne, ob er davon gehört hätte, dass die Polizei Fritz verdächtigte. „Erstaunlich, wozu gekränkte Menschen fähig sein können!“, sagte sie.

„Ich glaube nicht, dass es Fritz war“, meinte Carlo.

„Die Tür zum Gabelstapler wurde mit seiner Code-Karte geöffnet“, gab Anne zu bedenken.

„Ich weiß. Er hat sie verloren.“

„Das würde ich an seiner Stelle auch sagen.“

„Ich kann es bezeugen. Als wir uns im Bahnhof getroffen haben, hatte er sie nicht mehr.“

„Woher weißt du?“

„Er hat seine Taschen durchsucht und sie nicht gefunden.“

„Hast du selbst nachgesehen?“

„Nö.“

„Ja dann."

Anne drückte ihre Zigarette aus.

„Übrigens finde ich es großartig", sagte sie, „dass du trotz allem die Sache mit den Paper & Pencil Interviews ordentlich abgewickelt hast. Deine Prämie hast du dir verdient."

Carlo überlegte, ob er zugeben sollte, dass Otto das Verteilen übernommen hatte, ließ es aber bleiben.

„Wir müssen anfangen", sagte sie und stand auf.

Carlo legte seinen iPod auf den Tisch in der Ecke und warf seine Jacke über den Stuhl. Anne schloss die oberste Schublade an ihrem Schreibtisch auf, überlegte es sich anders und schob sie wieder zu. „Code-Karte ist nicht nötig", sagte sie „Wir sind im Keller 1."

„Tief hinten im Gang, wo die Schlösser antik sind", sagte Carlo.

„Genau." Anne schmunzelte. „Also los. Zuerst machst du die Zahnbürsten zum Versand fertig, danach das Mundwasser. Den Gabelstapler brauchst du heute nicht. Wir haben keine allzu großen Fallzahlen."

Erleichtert verließ Carlo mit ihr das Büro. Sie hatte recht behalten. Es war nicht weiter schlimm, hier unten zu sein. Nachdem er sich einmal überwunden hatte, die Treppe herunter zu gehen, war alles wie gewohnt. Nur der neue Plan in der Versandhalle erinnerte noch entfernt an die Feldleiterin.

Sie durchquerten die Halle und marschierten in den Gang, der sie tiefer in den Keller hinein führte. An der Tür zu *„Lager K1"* schob Anne den Riegel zurück. Die Tür ließ sich nur ein Stück weit öffnen, sie war von innen blockiert.

„Wer stellt denn die Kartons so quer, dass man nicht reinkommt!“, rief Anne verärgert.

Carlo passte locker durch den Spalt, er schob die Pakete aus dem Weg. Als Anne sich bückte, um die Aufschriften zu entziffern, fiel eine Plastikkarte aus ihrer Brusttasche auf den Boden. Carlo hob sie auf und reichte sie ihr. Er stockte. Sein Blick war auf die eingeprägte Zahlenreihe gefallen: lauter Nullen und fünf Einsen. Ohne zu überlegen, stieß er hervor: „Das sind doch die Zahlen vom Fritz!“

Anne blickte ihn ausdruckslos an. Einen langen Moment standen sie einander reglos, Auge in Auge gegenüber. Dann schlüpfte Anne verblüffend behände aus dem Lagerraum und verriegelte von außen die Tür.

„Das glaube ich nicht“, flüsterte Carlo. „Das ist doch ein Scherz.“

Er trommelte gegen die Metalltür.

„Anne! Was soll das? Mach auf! Mach doch auf!“

Keine Antwort.

Er legte sein Ohr an den schmalen Spalt zwischen Fußboden und Tür. Von außen war nichts zu hören. Mit wenig Hoffnung schaltete er sein Mobiltelefon ein. Wie befürchtet: kein Empfang!

„Das glaube ich nicht, das glaube ich nicht“, wiederholte er ein ums andere Mal. „Was bin ich für ein Trottel, ein Riesenrhinozeros“, schimpfte er. Klar, dass sie die Karte aus der Jacke genommen hatte. Sicherheit! Geheimhaltung! An so was dachten sie bei OM-Research doch immer zuerst.

Kopflos stapfte er im Lager hin und her.

„Ich hätte es wissen müssen!“

Er trat gegen die Tür. Hämmerte mit den Fäusten auf das Blech. Nichts rührte sich.

Schließlich setzte er sich auf eine der herumstehenden Kisten und befahl sich, klar zu denken: Anne hatte die Code-Karte aus der Jacke genommen, als Fritz der Feldleiterin ins CATI gefolgt war. Während er, Carlo, die alten Konzepte vernichtet hatte, war Anne unbeobachtet gewesen und hatte jede Menge Zeit gehabt, die Jackentaschen durchzusehen. Später, als er sich verabschieden wollte, hatte sie ihn aufgefordert, die Jacke mitzunehmen, damit Fritz nicht ohne Hausschlüssel vor seiner Tür stand. Woher hätte sie das sonst gewusst? Wieso war er nicht gleich darauf gekommen? Um die Sicherheit machten sie bei OM-Research ein bescheuertes Theater. Anne hatte bestimmt sofort an die Karte gedacht. Ihre größte Sorge war doch immer, dass eins von den heiligen Testprodukten bei der Konkurrenz landen würde.

„Dann können wir dichtmachen“, warnte sie bei jeder Gelegenheit.

Fritz hätte mit seiner Karte hereinspazieren und jede Menge Unheil anrichten können. Also nicht Fritz – das hatte er sowieso nie geglaubt –, sondern Anne hatte den Gabelstapler gefahren und die Sommer damit in den Projektplan gerammt. Wer hätte das gedacht? Die fette Kuh! Sie war geschickt und flink, das hatte er vorhin gesehen. Unglaublich!

Trotzdem hoffte Carlo gegen jede Vernunft, dass er sich getäuscht hatte. Vielleicht war es doch ein Versehen, irgendein dummes Missverständnis. Anne würde aufschließen und alles würde eine harmlose Erklärung finden. Doch Minuten verstrichen und nichts geschah.

„Tu was!“, rief Carlo. „Hock nicht da wie das Kaninchen vor der Schlange.“

Er sprang auf, bearbeitete die Tür mit den Fäusten und schrie um Hilfe, bis ihm der Hals wehtat.

Anne Padberg schlug die Augen auf. Sie lag in dem schwach beleuchteten Gang, der zu den hinteren Lagerräumen führte. Der Boden war kalt. Sie fror nicht, also hatte sie nur kurze Zeit hier gelegen. Aus der Tiefe des Ganges hörte sie Carlo rufen und hämmern. Schwerfällig stand sie auf und lehnte ihre Stirn für einen Moment gegen die Wand. Wie konnte ihr das passieren? Sie hatte die Karte eingesteckt, nachdem sie den Gabelstapler geparkt hatte, und nicht mehr an sie gedacht. So eine blöde Geschichte. Wie hätte sie denn ahnen können, dass irgendjemand die Ziffern von Fritz' Code-Karte erkennt.

Mühsam schluckte sie die aufkeimende Wut herunter. Alles war glatt gelaufen, hatte sich glücklich gefügt. So ein überflüssiger Fehler! Was sollte sie jetzt mit diesem Schlaumeier anfangen? Vor allem musste sie den Lärm, den er veranstaltete, stoppen. Jeder, der reinkam, würde ihn sofort hören. Sie hieb mit der Faust gegen die spärlich geweißte Wand. Schließlich schlurfte sie in die Versandhalle zurück, füllte den Papierbehälter des vordersten Großdruckers auf, wählte das längste Programm und setzte die Maschine in Gang. Zuerst hörte man ein lautes Brummen, nach einer Weile kam das Rattern der Transportarme dazu. Dann bestückte sie auch die beiden anderen Maschinen und startete die Druckerprogramme mit jeweils einigen Minuten Abstand. Das würde ihr erlauben, die Geräte nachzufüllen, ohne dass Stille eintrat.

Sie kehrte zum Kellereingang zurück und lauschte. In Ordnung. Carlos Rufen und Hämmern kam gegen die dröhnenden Drucker nicht an.

Immer wieder war Carlo hochgesprungen und hatte gegen die Klinke getreten, bis sein Knöchel schmerzte, doch am Türschloss bewegte sich nichts. Wenn er seinen Atem beruhigte und lauschte, hörte er die Drucker in der Versandhalle rattern. Das war schlau. Solange die liefen, hörte ihn da vorne kein Schwein. Ihm blieb nur zu hoffen, dass der Strom ausfiel. Fette Chance. Hammer und Meißel müsste man haben. Er durchsuchte den Raum gründlich. Nichts. Überall in den Regalen nur Kartons mit alten Berichten, in der Mitte Stapel von Kisten mit Zahnpasta und Zahnbürsten.

Das Messer, das er zum Aufschlitzen der Kartons benutzt hatte, war das einzige Werkzeug im ganzen Keller. Vorsichtig stocherte er damit im Schloss. Nichts zu machen! Sie hatte außen den Riegel vorgeschoben. Vielleicht kam er doch irgendwie da heran. Aber die Tür schloss wirklich dicht. Er kniete sich hin und versuchte, das Messer zwischen Türblatt und Pfosten zu stecken. Die Spitze brach ab.

Zögernd stand er auf und sah sich die Pakete genauer an. Der Karton, auf dem er vorhin gesessen hatte, enthielt Mundwasser. Genauso nutzlos. Scheißzeug! Krachend trat er dagegen, wohlweislich mit dem schmerzfreien Fuß. Aus einigen Plastikflaschen leckte rote Flüssigkeit, es roch nach Kirschen und nach Medizin. Widerlich! Der klebrige rote Saft verbreitete sich auf dem Boden.

Was hatte Anne vor? Die Zahnbürsten sollten heute noch raus, sie musste bald wiederkommen, um sie zu versenden. Träum weiter! Wenn sie wirklich so kaltblütig war, die Sommer umzubringen, würde sie Skrupel haben, eine Studie platzen zu lassen? Vergiss es.

Er lehnte sich gegen das kalte Blech der Tür. Wie konnte er sich so täuschen? Die umgängliche, humane Anne Padberg! Vielleicht hatte sie auch Sonja umgebracht … Genau. So war es! Sie hatte Sonja umgebracht, hatte die Feldleiterin ermordet und jetzt dachte sie, er wüsste Bescheid. Was ihn erwartete, war sonnenklar. Sein Mund fühlte sich ausgetrocknet an, in seinem Magen lag ein Stein. Ihm war speiübel.

Heftig atmend beugte Anne Padberg sich über die Tiefkühltruhe, um die letzten beiden Schichten gefrorener Nudelgerichte abzutragen. Die eiskalten Stapel verstaute sie in den Gefrierschränken auf der anderen Seite des Raumes. Inzwischen fand sie dort drüben kaum noch Platz. Ärgerlich, dass der Kunde seine Nudeln und Saucen schon eine Woche vor Feldstart geliefert hatte, das kostete sie jetzt Zeit. Sie musste sich beeilen, das Pausenschild an der Kellertür durfte nicht zu lange hängen, bald würden die Mitarbeiter nachfragen, denn die Mittagszeit war vorbei.

Aber spätestens jetzt, wo dieser neugierige Junge Bescheid wusste, musste sie die Sache durchziehen. Es gab keinen anderen Weg – einfach handeln und besser gar nicht daran denken. Seit diese dumme kleine Buchhalterin ihr die Kostentabelle gezeigt hatte, war sie gezwungen gewesen, einen ungewollten Schritt nach dem anderen zu tun. Zum Glück hatte Sonja Wessing die Zusammenhänge nicht durchschaut. Sie hatte geglaubt, Otto oder die Feldleiterin hätten sich einen Fehler geleistet ... Alles hätte so einfach sein können, wenn diese dumme Göre die Tabelle nicht an Traudel Sommer weitergegeben hätte! Dabei ging es ja nicht nur um Anne selbst, auch Günters und Hajos Karrieren, ach was, ihr ganzes Leben wäre verpfuscht gewesen, wenn sie Sonja nicht gestoppt hätte. Sie musste handeln! Das war sie den beiden schuldig.

Damals, als sie mit ihrem Kredit für eine todsichere Börsenspekulation danebengelegen hatte, war Günters Idee mit den gefälschten Interviewer-Rechnungen ihre Rettung gewesen. Gerne war sie abends länger geblieben, hatte die mühselige Kleinarbeit erledigt: Rechnungen geschrieben und gebucht, Konten eingerichtet, Überweisungen ausgeführt. Ihre Schulden waren längst bezahlt. Günter hatte recht behalten. Sie hätten auf ihn hören und vor Monaten Schluss machen sollen. Doch Hajo wollte unbedingt seine neuen Methoden weiterentwickeln. Dass diese Sache für ihn eine Herzensangelegenheit war, verstand sie ja. Er erwartete fantastische Resultate und viel Geld. Manchmal schien es, als würde er nur noch vom Gedanken an den Erfolg seiner Pläne beherrscht, als hätte eine Zwangsvorstellung von ihm Besitz ergriffen. Für Argumente war er nicht mehr zugänglich. Was hätte sie denn tun sollen? – Im Moment sah alles gut aus für ihn. Doch Anne schätzte das Potential nüchterner ein als Hajo. Die bisherigen Ergebnisse waren vielversprechend, aber die weitere Entwicklung würde noch eine Menge Geld verschlingen. Selbstverständlich half sie ihm und brachte ihren Anteil ein. Schließlich waren sie ein

Paar, sie hielten zusammen! Hajo war der einzige Mensch in ihrem Leben, auf den sie ohne Einschränkung vertraute. Seine Ehe war nur eine Episode gewesen. Ein Irrtum. Sie und Hajo liebten sich seit ihrer Schulzeit. In der Firma hatten sie ihre Beziehung geheim halten müssen, zwischen leitenden Angestellten und ihren Mitarbeitern wurde so etwas nicht gerne gesehen. Nur Günter hatte es gewusst, schließlich kannten sie alle drei sich seit dem Studium. Jetzt, wo Günters Anteil entfiel, war es für Hajo verlockend, das ganze Geld in sein Projekt zu investieren. Aber er unterschätzte die Gefahr: Ein kleiner Fehler und schon war es passiert.

Dass sie selbst für einen solchen Fehler verantwortlich war, auf den die Buchhalterin dann gestoßen war, fuchste Anne maßlos. Selbstverständlich tat sie nun alles, um die Folgen abzuwenden. Das war das Mindeste, was sie tun konnte.

Kurz nahm sie sich Zeit zum Verschnaufen, kreuzte die Arme über dem Busen und schob die Hände unter die Achseln, um sie zu wärmen. Ob sie die letzte Schicht Saucen in der Truhe lassen sollte? Der Platz würde jetzt reichen. Doch die Testprodukte waren genau abgezählt, sie würde sie vor Studienstart herausholen müssen, dann lieber jetzt gleich.

Mit klammen Fingern stapelte sie ein paar Packungen übereinander und hob sie hoch. Von ihrer Rettungstat hatte sie Hajo nichts gesagt. Es war besser, wenn er davon nichts erfuhr, er war nicht belastbar. Sie kannte ihn. Er hatte genug damit zu tun, Günters Unfall zu verarbeiten. Manchmal, wenn er bei ihr über Nacht blieb, schreckten seine Albträume sie auf – so etwas hatte es vor dem Unfall nicht gegeben.

Als Anne erkannt hatte, dass Sonja im Begriff stand, Traudel Sommer die gefälschten Buchungen vorzulegen, war ihr sofort klar gewesen, dass sie das um jeden Preis verhindern musste. Die Feldleiterin würde, anders als Sonja, die Zusammenhänge durchschauen. Fast wie von selbst hatte Anne einen der scharfkantigen Achatsteine, die auf ihrem Schreibtisch lagen, in der Hand gehalten. Mit dem Expressaufzug war sie vom Keller in den fünften Stock gefahren und hatte dort in einem der Seitengänge auf die Buchhalterin gewartet.

Die Entscheidung, Sonja auszuschalten, war richtig gewesen. Nur den Stein hätte sie nicht benutzen dürfen. Aber woher hätte sie das wissen sollen? Sonja war, als sie sich von Anne bedroht sah, zurückgewichen, mit ihren hohen Absätzen über die oberste Stufe hinausgerutscht und dann die Treppe hinuntergestürzt. Sekundenlang hatte Anne auf den seltsam verdrehten Körper geblickt. Hatte sich das Mädel noch bewegt? Dann war sie voller Angst, Sonja könnte gleich wieder aufstehen, die Treppe hinuntergeeilt und hatte mit dem Achatstein zugeschlagen. Direkt hinters Ohr hatte sie gezielt, wo sie die Halsschlagader vermutete. Dass kein Blut floss, war ihr nicht sonderbar erschienen, sie war nur erleichtert, dass Sonja sich nicht mehr rührte.

Zuerst hatte es den Anschein, als sei alles perfekt verlaufen. Sonja Wessing hatte einen tödlichen Unfall und Schluss. Es war ein schwerer Fehler, mit dem Stein zuzuschlagen, um ihr den Rest zu geben. Damit hatte sie ja erst die Polizei auf den Plan gerufen.

Bei der Obduktion stellte sich nämlich heraus, dass Sonja schon tot war, als Anne den Schlag führte, deshalb war kein Blut mehr geflossen. Die Polizei zog daraus den

Schluss, dass hier ein Täter sein Werk vollenden wollte und Sonjas Sturz kein Unfall, sondern Mord war.

Wenn sie das geahnt hätte! Anne war entsetzt über so viel Pech.

Der Achatstein, den sie wie die anderen als Briefbeschwerer benutzt hatte, war längst im Main versenkt. Niemand würde sein Fehlen bemerken. Die Kommissare tappten im Dunklen. Damit wäre die Sache trotz allem erledigt gewesen, doch dann tauchte Traudel Sommer mit ihren Vermutungen auf. Anne war wie vom Donner gerührt, als sie erkennen musste, dass Sonja die Feldleiterin bereits informiert hatte, bevor sie mit ihr im Keller über die vermeintlichen Fehlbuchungen sprach. Traudel Sommer hatte eine Weile gebraucht, um ihre Schlüsse zu ziehen, sie war nicht die Schnellste. Doch dann war sie ihnen gefährlich nahe gekommen.

„Hajo muss da mitmischen", hatte sie gesagt. „Ohne ihn sind die Kosten nicht manipulierbar, das kann nur der Chef von der IT, bei allen anderen ist der Zugriff begrenzt."

Bloß gut – zumindest für Anne –, dass Traudel sie um Rat gefragt hatte, ob besser Pol Dellis oder der Finanzchef informiert werden sollte. Schließlich war es für Traudel naheliegend, Anne um Rat zu fragen, weil sie beide immer gut zusammengearbeitet hatten. Nicht auszudenken, was passiert wäre, wenn sie gleich zu Pol Dellis oder zum Finanzchef gegangen wäre!

„Sonjas Tod muss damit irgendwie zusammenhängen", hatte Traudel gesagt. „Da ist doch was faul."

Anne war damals nicht in Panik geraten wie in dem Moment, als Sonja Wessing ihr die Kostentabelle gezeigt hatte. Äußerlich war sie vollkommen ruhig geblieben. Sie hatte sofort reagiert: Traudel Sommer konnte nichts mehr verraten. Ihre Neugierde und ihr penibler Kontrollzwang waren ihr zum Verhängnis geworden … So gern Anne sie auch mochte, wenn es um sie und Hajo ging, war alles andere unwichtig.

Angewidert verdrängte Anne die hässlichen Bilder. Das Splittern und Gurgeln in ihren Ohren, das seither ab und an in ihre Erinnerung zurückkehrte, wurde zum Glück von den lärmenden Druckern übertönt. Sie durfte sich nicht ablenken lassen – durfte nicht weich werden. Nicht jetzt, so kurz vor dem Ziel! Denn war der Junge erst einmal aus dem Weg geräumt, würde niemand mehr lästige Fragen stellen. Selbst von diesem Fritz würde sie nichts mehr zu befürchten haben. Was sollte der denn auch schon groß ausrichten? Der hatte selbst genug mit der Polizei zutun.

Trotzdem musste sie äußerst vorsichtig sein. Carlo hierher zu bestellen war ein Fehler. – Nein, wenn sie genauer darüber nachdachte, war es im Gegenteil eine gute Entscheidung gewesen. Die Polizei verdächtigte Fritz, Carlo hätte ihn entlasten können. So war es besser. Sie selbst kam gar nicht ins Spiel, sie wurde überhaupt nicht verdächtigt. Gut, dass sie sich am Freitag schon mittags ausgeloggt hatte! Alle glaubten, sie wäre nach dem Mittagessen verreist, was sie ursprünglich auch vorgehabt hatte, bis sie Traudel Sommer im Expressaufzug traf. Jeder wusste, dass sie sich mit Traudel gut verstand, nur höchst selten hatten sie gestritten. Alle wussten auch, dass die Feldleiterin vor kurzem Fritz gefeuert hatte. Wie wütend er darüber war, hatte er ja allen gezeigt. Warum sollte also irgendjemand Anne verdächtigen?

Sie wunderte sich, wie gefasst sie heute blieb. Als Sonja die Treppe hinunter gestürzt war, war sie so aufgeregt gewesen, dass sie hyperventilierte. Beinahe hätte sie damals versäumt, die verräterische Kostentabelle aus den herumliegenden Rechnungen herauszufischen. Dass Traudel schon über die Kosten Bescheid wusste, war dann ein fürchterlicher Schock für sie gewesen. Aber sie hatte schnell und richtig reagiert.

Anne stopfte die letzten Tiefkühlsaucen in den Gefrierschrank. Jetzt noch diesen letzten Mitwisser ausschalten, dann war sie auf der sicheren Seite. Die Polizei würde sich weiter auf Fritz konzentrieren.

Anne kehrte zur Kühltruhe zurück, schloss den Deckel und wählte die niedrigste Temperatur für den Thermostat.

Wie festgefroren lehnte Carlo an der Metalltür. Er musste irgendetwas tun! Doch sein Körper war erstarrt. Irgendein Mittel musste es doch geben, sich bemerkbar zu machen! Wild schossen seine Augen über den Paketen und Regalen im Keller hin und her, blieben dann auf den zerborstenen Plastikflaschen haften. Sein Kopf schien vollkommen leer. Was war mit ihm los?

Das Mundwasser war über den Zementboden geflossen und gespritzt, hier und da bildeten sich Lachen. Es sah genauso aus wie Blut. – Blutflecken, die die Putzmänner entdecken und melden würden.

Carlo fiel plötzlich auf die Knie. Als wäre er von Sinnen, packte er eine Plastikflasche nach der anderen und quetschte den roten Saft durch den schmalen Spalt unter der Tür.

Leider gelangte nur ein Teil des Mundwassers nach draußen, das meiste blieb auf seiner Seite zurück und breitete sich unter ihm aus. Bald hockte er in einer roten, widerlich klebrigen Lache. Aber wichtig war nur, dass die Putzmänner, wenn sie die Flecken sahen, auch ihn finden würden! Dass er nicht wusste, wann sie kamen und ob sie überhaupt in diesem entlegenen Gang putzten, verdrängte er. Ohne Unterbrechung quetschte er die Flaschen aus, bis alle vollständig geleert waren.

Benommen stand er auf, schüttelte sich, griff sich das abgebrochene Messer und stach damit fieberhaft zwischen Tür und Rahmen. Er würde den Riegel mit Gewalt erreichen – Ein weiteres Stück Klinge brach ab. Heftig atmend trat er zurück.

Das schabende Geräusch draußen am Schloss hatte er nicht gehört. Langsam sank der Türgriff nach unten. Carlo packte das Messer fester und riss die Tür auf.

Ein Strahl Pfefferspray traf ihn mitten ins Gesicht. Als er sich krümmte, spürte er einen Schlag auf den Hinterkopf. Hilflos fiel er auf die Knie und verlor das Bewusstsein.

„Wir wissen jetzt, wie es gemacht wird, Jan. Ich bin mir noch nicht sicher, wer dahintersteckt, aber da gibt es nicht allzu viele Kandidaten. Eigentlich kann es nur Eckerth sein. Kein anderer verfügt über all diese Zugangsberechtigungen."

Madame Duplois hatte sich in den leer stehenden Konferenzraum zurückgezogen, um den Finanzchef in Brüssel anzurufen. Zuvor hatte sie nachgesehen, ob jemand im angrenzenden Vorratsraum arbeitete, wo das Geschirr und der Kaffee für Besucher bereitstanden. Obwohl sich dort niemand aufhielt, sprach sie mit gedämpfter Stimme ins Telefon.

„Es läuft folgendermaßen: Sobald ein Projekt abgeschlossen ist, errechnet er den Gewinn und schließt das Konto. Dann stellt er Rechnungen aus für Interviewer, die es gar nicht gibt. Damit schöpft er den Gewinn ab, lässt aber einen Teil stehen, damit wir nicht stutzig werden. Vermutlich hat er dafür ein Programm entwickelt, das den Erfolg eines Projektes berechnet und die Beträge, die er abzweigen kann, vorgibt. Auf diese Weise kommen ansehnliche Zahlen zusammen. Wahrscheinlich läuft das schon seit ein paar Jahren so. Ein eleganter Weg, das Unternehmen auszuplündern!"

„Warum ist das bisher niemandem aufgefallen?", fragte der Finanzchef aus seinem Brüsseler Büro.

„Er verwendet die Eingabenummern der Buchhalterinnen, und die Höhe der Einzelrechnungen lässt er wie bei den echten Rechnungen schwanken. Die Namen der falschen Interviewer ähneln den richtigen. Original und

Fälschung tauchen nie zusammen auf. Der Controller sieht nichts Ungewöhnliches."

„Wie habt ihr es trotzdem gemerkt?"

„Bei Verdacht auf Manipulation durchleuchten wir die einzelnen Kostenblöcke bis zu ihrer originären Entstehung."

„Ja schön. Soll heißen?"

„Unser Benjamin hat alles, was mit der Entstehung der Interviewerkosten zusammenhängt, geprüft, auch die Einsatzdokumente im Feld. Der CATI-Leiter glaubt an Papier. Er führt Einsatzlisten, zum Teil sogar handschriftlich, darauf zeichnen die Interviewer ihre Arbeitszeiten ab. Ein zuverlässiges, archaisches Verfahren. Bei Reklamationen greift er darauf zurück."

„Und ihr habt die Namen auf dem Papier mit den gespeicherten Listen abgeglichen."

„Genau."

„Wie oft wichen sie ab?"

„Nach den bisherigen Ergebnissen bei etwa achtzig Prozent."

Eine Weile herrschte Stille in der Leitung.

„Meinst du, Eckerth hat diese Schweinerei alleine ausgeheckt?", fragte Jan.

„Nein, glaube ich nicht. Der verstorbene Geschäftsführer muss davon gewusst haben, sonst hätte es nicht funktioniert. Ich glaube sogar, dass es weitere Helfer gibt. Bei der hohen Zahl von Projekten, die sie jedes Quartal akquirieren und durchziehen, ist das eine Heidenarbeit. Ich vermute, dass eine von den Buchhalterinnen mitgemacht hat. Dass Eckerth oder Simon sich die Zeit für diese Kleinarbeit genommen hätten, kann ich mir nicht vorstellen. Vielleicht war die junge Frau beteiligt, die im Treppenhaus ermordet worden ist. Sie war doch Buchhalterin?“

„Damit haben Eckerth und Simon bestimmt nichts zu tun, wir waren doch alle im Montafon zusammen, als es passiert ist.“

„Wie auch immer. Jetzt kennen wir ihre Tricks, bleibt uns nur noch, den ganzen Umfang der Sache aufzudecken.“

„Macht es wasserdicht! Inzwischen bespreche ich mit Pol das weitere Vorgehen. Zunächst bleibt alles unter dem Deckel, das ist wohl klar?“

„Selbstverständlich.“

„Ich kann gar nicht sagen, wie erschüttert ich bin. Die Frankfurter mit ihrer tadellosen Organisation! Sobald du mit denen fertig bist, musst du dir die anderen Gesellschaften genauso vornehmen. Wer weiß, was wir uns sonst noch alles eingekauft haben.“

# TIEFGEKÜHLT

Fritz hielt kurz inne, um zu horchen, ob sich außer ihm noch jemand im Kellergang befand. Auf dem Weg hierher war ihm bis jetzt kein bekanntes Gesicht begegnet, hoffentlich blieb das auch so. Auf keinen Fall wollte er angequatscht und ausgefragt werden. Sobald einer von den Interviewern sah, dass er hier im Haus herumschlich, wussten es alle anderen und vermutlich auch gleich die Polizei.

Er hörte keinen Laut. Schnell folgte er dem Pfeil zur Versandhalle. Würde Anne Padberg mit ihm reden? Ihm sagen, wer am Freitag im Keller gearbeitet hatte? Wenn sie ihn genau wie seine „Freunde" im CATI für den Mörder hielt, wohl kaum. Ziemlich übel, was Äffchen ihm vom Geschwätz der Interviewer erzählt hatte.

Die Kellertür stand offen, alles schien ruhig, niemand arbeitete im Versand. Fritz verlangsamte seine Schritte. Den ganzen Morgen hatte er hin und her überlegt, ob man ihm aus seinem Besuch hier unten einen Strick drehen könnte. Wenn Anne hysterisch reagierte und die Polizei anrief, würden sie ihn wieder durch die Mangel drehen.

Und wenn schon! Einen Versuch war es wert. Die Kommissare waren nur daran interessiert, ihn zu belasten, sie suchten gar nicht nach dem wirklichen Täter. Er blieb stehen, lauschte. Nichts zu hören. Verwundert sah er die Berge von Papier auf allen drei Maschinen liegen, warum wurden die nicht verpackt und versand? Als er an der Tür zum Freezer-Raum vorbeiging, entdeckte er auf dem Boden eine dunkle Spur. War das etwa Blut? So sah es aus. Aufgeregt folgte er der schwachen Linie. Sie führte zum hinteren Kellergang. Hin und wieder tauchten Abriebstreifen wie von Gummiabsätzen auf. Fritz kehrte wieder um. Das sah aus, als ob jemand einen Körper durch den Keller geschleift hätte. Was sollte er tun? Noch ein Mord, den man ihm anhängen würde?

Werd nicht hysterisch, sagte er sich, hau lieber ab. Trotzdem blieb er wie angewurzelt vor der Tür zum Freezer-Raum stehen. Die Spur endete hier. War jetzt auch noch Anne ermordet worden? Unwillkürlich griff er nach der Klinke. Halt! Entsetzt sprang er einen Schritt zurück, sein Herz klopfte bis zum Hals. Das fehlte noch: Wenn Anne da drin läge und seine Fingerabdrücke auf der Klinke wären! Er sollte verschwinden. Doch stattdessen zog er sich den Jackenärmel über die Hand, wischte über die Klinke und versuchte es noch einmal – nur kurz einen Blick hineinwerfen … abgeschlossen, war ja klar.

Wieder war er hin und her gerissen: Hau bloß ab, bevor jemand kommt! Obwohl … Jetzt war er schon mal hier. Falls Anne tot war, konnte er trotzdem schnell nachsehen, wer am Freitag im Keller gearbeitet hatte, er brauchte nur ihren Schreibtisch aufzuziehen. Dort in der obersten Schublade bewahrte sie ihr Notizbuch auf. Eilig schlich er zu Annes Büro. In der Tür bremste er abrupt. Anne saß zusammengesackt, leise schnaufend auf ihrem Bürostuhl und schlief. Einen Moment beobachtete er sie. Schon wollte er sich bemerkbar machen, da sah er in der aufgezogenen Schublade ihres Schreibtischs den gesuchten Kalender obenauf liegen. Eine total einfache Sache! Leise bewegte er sich näher heran. Wenn sie jetzt aufwachte, war er in Erklärungsnot. Vorsichtig beugte er sich hinunter, hob das schwarze Büchlein geräuschlos heraus. Darunter kam Annes Code-Karte zum Vorschein. Sollte er …? Nein, nimm den Kalender und verschwinde! Nichts wie weg! Aber Vorsicht. Nirgendwo anstoßen, weck sie bloß nicht auf! Geräuschlos umkurvte er den Papierkorb. Er war leer bis auf eine zusammengeknüllte Zigarettenpackung ... Carlos Marke. Wie konnte das sein? War Carlo heute hier? Er hatte sich doch vehement geweigert. Und wenn er es sich doch anders überlegt hatte? Carlo war kein schlechter Kerl, ziemlich weiches Herz. Im Aschenbecher lagen zwei unterschiedliche Zigarettenstummel – Annes und Carlos Marke. Er war also doch hier! Hilfsbereiter, als er zugeben wollte, der Kerl!

Unwillkürlich blickte Fritz hinüber zu Carlos Tisch in der Ecke. Darauf lag ein iPod, auf dem Stuhl eine Jacke, Carlos Jacke? Er war immer noch hier! Konnte das sein? … Die Blutspur? Ihm war was passiert! Ach, Quatsch. Und wenn doch? Mit dem Taschenkalender in der Hand, hin und her gerissen von unzähligen Gedanken und Fragen, schlich Fritz zurück zum Schreibtisch. Vorsichtig … vorsichtig … ganz langsam klaubte er Annes Code-Karte aus der Schublade heraus. Sie seufzte im Schlaf. Fritz hielt die Luft an. Wenn sie ihn jetzt mit dem Planer und der Karte erwischte, war er geliefert. Doch sie wachte nicht auf.

Er schlich zur Tür. Am besten abschließen, damit sie ihm nicht hinterherkam. Kein Schlüssel! Der steckte wahrscheinlich in ihrer Tasche. Unerreichbar. Die Tür zuziehen? Lieber nicht, womöglich wachte sie davon auf, vergiss es.

Fritz schaute zu ihr hin. Sah aus, als ob sie fest weiterschlief. Dann aber schnell jetzt!

Ohne noch an Fingerabdrücke zu denken schob er die Karte in den Schlitz des elektronischen Türschlosses zum Freezer-Raum, mehrfach, bis endlich das Kontrolllicht grün aufleuchtete. Er zog die Karte, wie vorgeschrieben, wieder heraus und drückte die Klinke herunter.

Alle Gefrierschränke an den Wänden summten. Die Truhe davor, groß wie im Supermarkt, brummte auf höchster Stufe. Fritz schrak zusammen, als hinter ihm die Tür zuklappte. Er folgte der Schleifspur, die hier drinnen nur ganz schwach zu sehen war. Sie führte ihn zu der Truhe, die am stärksten eingestellt war.

Fritz hob den Deckel und wich zurück: Ein seltsamer Geruch, nach Medizin gemischt mit menschlichen Ausdünstungen und künstlichen Aromen schlug ihm entgegen. Seine Augen mussten sich erst noch ein wenig an die schummrigen Lichtverhältnisse gewöhnen … Doch dann erkannte er voller Entsetzen, wer dort lag! Das zusammengeschnürte Paket in der Truhe war Carlo. Und er bot keinen hübschen Anblick! Straff um seinen Kopf gezogen, quer über dem Mund und den bläulich verfärbten Wangen klebte schwarzes Isolierband. Wie das Zeug die Haut einquetschte! Das tat bestimmt weh. Arme und Beine waren mit demselben schwarzen Klebestreifen so eng umwickelt, dass Carlo sich nicht rühren konnte. Nur seine Augen schossen angstvoll unter den geschwollenen Lidern hin und her. Als Fritz sich auf der Suche nach einer Schere oder einem Messer von ihm abwandte, gab Carlo unartikulierte Laute der Verzweiflung von sich. Fritz beugte sich über die Truhe, suchte das Endstück des Klebestreifens an Carlos Kopf und begann zu ziehen.

## NACHSPIEL

Wochen später, vormittags um halb elf, füllte die Chefsekretärin Kaffee in den Filter der unerlaubt in der Buchhaltung aufgestellten Maschine. Kaffeeduft breitete sich im Büro aus.

„Ich schalte das Ding jetzt ein", sagte sie. „Ruth muss jeden Moment mit dem Kuchen hier sein."

Ilse blätterte in einer Illustrierten. „Mir schleierhaft, wie man für das bisschen Kuchen so lange brauchen kann."

In letzter Zeit waren die drei Damen der Pausengemeinschaft dazu übergegangen, sich mehrmals täglich zu treffen. Es fiel niemandem auf, alle waren mit sich selbst beschäftigt.

„Hast du gehört? Der Interviewer, der in der Tiefkühltruhe fast erstickt wäre, soll über den Berg sein", sagte Frau Maurer.

„Der hatte verdammt viel Glück, dass der andere so neugierig war", sagte Ilse.

„Kanntest du die beiden?"

„Nur den einen. Der hat hin und wieder Rechnungen aus dem CATI raufgebracht, zur Sonja, hat mit ihr rumgemacht. Deshalb dachten wir ja, er hätte was mit ihrem Tod zu tun."

„Die Sache mit der Padberg ist mir ein Rätsel", sagte Frau Maurer.

„Bestimmt ist sie ausgerastet, weil der Interviewer immerzu Fehler gemacht hat. Bei den Kurier-Rechnungen hat er auch ziemlichen Müll produziert, da kann man wirklich sauer werden, aber doch nicht so! – Ich hab schon immer gedacht, dass die Padberg nicht richtig tickt. Wie die sich da unten im Keller vergraben hat!" Ilse schlug ihre Zeitschrift zu, lehnte sich mit verschränkten Armen in ihrem Bürostuhl zurück und legte ihre Füße auf die halb herausgezogene Schublade ihres Schreibtischs.

„Und die Feldleiterin und die Sonja? Warum hat sie die beiden umgebracht?"

„Keine Ahnung. Ist mir auch egal. Ich habe andere Sorgen! Diese Morde sind garantiert der wahre Grund, warum sie OM-Frankfurt schließen wollen. Wahrscheinlich laufen ihnen die Kunden davon."

„Alle reden nur von den schlechten Ergebnissen."

„Das weiß ich auch. Aber glaubst du den Quatsch, dass wir die ganzen Jahre nicht rentabel gearbeitet hätten?"

„Angeblich hat der Simon zu knapp kalkuliert, um möglichst viele Aufträge reinzuholen und gut dazustehen."

„Doch komisch, dass ihnen das ausgerechnet jetzt auffällt." Ilse schwang ihre Beine auf den Boden und fasste mit einer heftigen Bewegung ihre braunen Haare hinter dem Kopf zusammen. „Die Revision muss was Gravierendes ans Licht gebracht haben."

Frau Maurer schüttelte den Kopf. „Ich kann nicht glauben, dass Günter Simon die Ergebnisse jahrelang geschönt hat. Wie soll er das denn gemacht haben?"

„Wo Ruth bloß bleibt? So lange kann das doch nicht dauern, zum Bäcker zu gehen!" Ilse ließ ihrer schlechten Laune freien Lauf. „Bis die zurückkommt, ist mir der Appetit vergangen."

„Hast du dich schon nach was Neuem umgesehen?"

„Ja sicher, aber so einfach ist das nicht. Glaub nur nicht, dass die Jobs auf der Straße liegen."

„Du brauchst dir doch keine Sorgen zu machen, du bist noch jung", sagte Frau Maurer. „Ruth und ich, mit über fünfzig, das ist was andres, sag ich dir. Da kannst du lange suchen. Von wegen ‚ältere Mitarbeiter sind wegen ihrer Erfahrung für die Wirtschaft unverzichtbar'. Das hat sich leider nicht bis zu den Personalchefs herumgesprochen."

„Endlich! Da bist du ja!", rief Ilse.

Ruth, wie immer ganz in Schwarz, hatte die Tür zur Buchhaltung mit dem Ellebogen geöffnet. Auf der einen Hand jonglierte sie ein in rosa Papier verpacktes Kuchenpaket, in der anderen hielt sie einen Becher mit geschlagener Sahne.

„Warum soll ich mich beeilen? Hier ist doch eh nichts mehr los", erwiderte sie giftig. Sie stellte ihre Einkäufe neben der Kaffeemaschine ab und fischte drei Briefe aus ihrer knallroten Umhängetasche. „Ich habe euch Post aus Brüssel mitgebracht. Wetten, dass in allen das Gleiche steht? Ihr sollt euch bei den anderen Tochtergesellschaften bewerben."

„Ja super! Das heißt noch lange nicht, dass die auch einen Job für uns haben. So ein Schwachsinn. Nichts als Augenwischerei!" Ilse presste beide Hände gegen ihre Schläfen.

„Was macht denn der Eckerth? Haben sie den schon gefeuert?", wollte Ruth von Frau Maurer wissen. „Der muss doch die schlechten Ergebnisse genauso verantworten wie Günter Simon."

„Dachte ich auch. Aber nein, er sitzt in Brüssel. Er soll in einer unbedeutenden Abteilung untergekommen sein: ‚Entwicklung neuer Methoden'. Alle wundern sich, warum er das macht."

„Das ist doch wieder typisch! Für den haben sie gesorgt, und wir sitzen auf der Straße."

„Immer dasselbe, die Bosse verzocken sich, und wir baden es aus!"

„Ist der Kaffee fertig?“, fragte Ruth. „Schon wieder kalt!“ Ilse schnappte sich ihre Handtasche.

„Ihr könnt meinen Kuchen haben. Ich muss hier raus. Diese Kopfschmerzen bringen mich noch um!“

„Sie ist total neben der Spur“, sagte Ruth, als die Tür hinter Ilse zugefallen war. „Statt sich so aufzuregen, sollte sie lieber mit der Job-Suche anfangen.“

„Du bleibst bewundernswert ruhig“, sagte Frau Maurer.

Kein bisschen aufgeregt. Hast du gar keine Angst?“

„Schön wär's.“ Vorsichtig zog Ruth das durchsichtige Papier von den Kuchenstücken ab. „Ich überlege mir ernsthaft, im Internet nach einer Anleitung zum Bombenbauen zu suchen, damit ich OM-Research in die Luft jagen kann!“

„Nehmen Sie doch noch ein Stückchen Zwetschenkuchen“, sagte Oma Luise. Sie saß im Wohnzimmer mit dem Rücken zur Terrassentür, um den traurigen Anblick des abgeernteten Gartens zu vermeiden. Zu dieser Jahreszeit, wenn nur noch Strünke aus ihren liebevoll gepflegten Beeten ragten und die geharkten Wege mit vertrockneten Blättern übersät waren, mochte sie gar nicht hinsehen. Konzentriert goss sie Kaffee in die zarten Porzellantassen mit dem blauen, goldgefassten Wellenrand. Diese Tassen und Teller wurden nur für besondere Gäste aufgedeckt.

„Aber gern.“ Fritz strahlte aus sämtlichen Knopflöchern. Sein gebügeltes Oberhemd leuchtete makellos weiß und seine Jeans waren so steif, dass Carlo vermutete, Fritz hätte sie erst heute Morgen gekauft.

„Das ist dann aber schon mein drittes Stück“, sagte Fritz und reichte Oma Luise seinen Teller.

„Wir zählen doch nicht! Ich freue mich, wenn es Ihnen schmeckt."

„Wirklich ganz ausgezeichnet!"

Entspannt beobachtete Carlo das freundliche Geplänkel. Gefühlte zwanzig Mal hatte Oma Luise sich bei Fritz heute schon dafür bedankt, dass er Carlo vor der „brutalen Frau" gerettet und aus der Tiefkühltruhe befreit hatte. Carlo war, nachdem er einige Zeit im Krankenhaus zugebracht hatte, wieder okay. Sein Schädel-Hirn-Trauma hatte er überstanden. Er war wohl eine ganze Weile bewusstlos gewesen, jedenfalls hatte er nicht mitbekommen, wie ihn die Padberg zusammengeschnürt und durch den Keller geschleift hatte. An die Minuten in der dunklen Truhe, die ihm wie Stunden vorgekommen waren, durfte er nicht denken, sonst kehrten sofort Herzrasen und Atemnot zurück und dieser Horror, lebendig begraben worden zu sein.

In der Klinik hatten sie allerlei mit ihm angestellt, um sicherzugehen, dass er keine bleibenden Schäden davongetragen hatte. Sein Gesicht war inzwischen wieder abgeschwollen. Nur im Hals spürte er immer noch ein leichtes Kratzen, das ihn an die großzügige Dosis Pfefferspray erinnerte, die ihm die Padberg verpasst hatte. Darum lehnte er es ab, von Omas bekannt gutem Kuchen zu probieren. Er wählte stattdessen ein Glas lauwarme Milch, obwohl er es eigentlich nur auf dem Tisch hin und her schob, ohne einen Schluck zu trinken.

„Du Ärmster", sagte Fritz und schaufelte geschlagene Sahne auf seinen Kuchen. „Dir entgeht was. Diese Zwetschen sind einmalig aromatisch."

„Das sind die späten", sagte Oma Luise. „Die leicht verschrumpelten, die sind die Besten. Was gibt's da zu lachen, Carlo?"

„Nichts, nichts. – Ist eigentlich im CATI noch was los?", fragte er Fritz.

„Ein paar Sachen werden zurzeit noch abgewickelt, an zwei, drei Tagen in der Woche läuft noch was. Zum Monatsende soll Schluss sein. Sie lösen den ganzen Laden auf. Die meisten Forschungsleiter haben sie übernommen, alle anderen müssen sich was Neues suchen."

Darüber wusste Carlo Bescheid. Catherine war eine der Ersten gewesen, die nach Brüssel gegangen waren. Von ihr hatte er auch erfahren, dass Eckerth jetzt dort in einer Stabsstelle arbeitete und dass er Lukas als Einzigen von seinen Computer-Nerds mitgenommen hatte. Lukas war es wahrscheinlich egal, wo er lebte, Hauptsache, er hockte vor seinem PC.

„Und was passiert mit der Padberg? Hast du von der was Neues gehört?", fragte Fritz.

„Nein, nichts. Dass sie die Feldleiterin ermordet hat, haben sie ihr nachgewiesen, das mit Sonja anscheinend nicht. Die Frau ist eine harte Nuss. Von allein gibt die gar nichts zu. Warum sie das alles gemacht hat, weiß kein Mensch."

„Manche glauben, es hängt mit ihrer Krankheit zusammen, vielleicht schlägt die aufs Gehirn."

„Ganz sicher nicht", erklärte Oma mit Nachdruck.

„Vielleicht will sie auf Unzurechnungsfähigkeit plädieren." Fritz schien die Idee zu gefallen.

„Oh nein, das wird ihr keiner abnehmen. Dafür gibt es nicht das geringste Anzeichen bei dieser Krankheit!" Oma Luise klopfte mit dem Zeigefinger auf den Tisch, um diese Tatsache zu unterstreichen.

„Ist auch besser. Sonst käme sie womöglich ungeschoren davon." Fritz spießte ein winziges Stück Kuchen auf seine Gabel. Anscheinend waren seine Augen größer als sein Magen gewesen.

„Wenn du Arbeit suchst, Carlo, ich hab jetzt bei der Konkurrenz angeheuert. Läuft ganz gut, ich kann dich ohne Probleme reinbringen. Gute Bagger werden immer gesucht."

„Danke, Mann", sagte Carlo. „Mit Jobben habe ich ab sofort nichts mehr am Hut."

Oma Luise rührte Milch in ihren Kaffee und lächelte dabei vor sich hin. Die Zahl der winzigen Fältchen um ihren Mund und die Augen verdoppelte sich.

„Ich bin es endgültig leid, dauernd knapp bei Kasse zu sein. Das ist doch kein Zustand!", fuhr Carlo fort.

Jeden Satz, den er sprach, begleitete Oma Luise mit einem sanften Nicken. Ihre Lippen blieben geschlossen, doch mit ihrem ganzen zierlichen Körper sagte sie: … Ich stimme voll und ganz zu.

„Jetzt wird erstmal Examen gemacht", sagte Carlo, „und dann wird anständig Geld verdient. Alles geregelt: Nächste Woche bekomme ich das Thema für meine Diplomarbeit vom Professor."

„Glückwunsch!", sagte Fritz.

Als im Nebenraum das Telefon läutete, eilte Oma Luise in die Küche.

Fritz stocherte noch ein wenig in seinem Kuchen herum.

„Also, Carlo", sagte er. „Wo ich nun fast schon zur Familie gehöre, gehen wir heute Abend endlich mal zusammen aus! Was hältst du von dem neuen Kino? Danach ein gepflegtes Bierchen in einer angesagten Kneipe?"

„Hört sich gut an, vielleicht ein andermal. Heute bin ich schon verabredet. Du glaubst ja nicht, was für eine goldige

Schwester mich im Krankenhaus gepflegt hat! Bildhübsch! Unglaublich zarte Hände."

Mit melancholischen Augen blickte Fritz durch die Terrassentür in den herbstlichen Garten.

„Ich hätte den Deckel im Freezer-Raum wieder zumachen sollen", sagte er mit einem leicht ironischen Schmunzeln.

# DIE AUTORIN

Ulrike Alter studierte Volkswirtschaft und hat viele Jahre selbst als Feldleiterin in einem Marktforschungskonzern in Frankfurt gearbeitet. Sie liest Krimis, schreibt Krimis und ist bei den Mörderischen Schwestern aktiv.